ÇA TOURNE AU VINAIGRE

DU MÊME AUTEUR

Dans la même collection :

Fais gaffe à tes os.
A tue... et à toi.
Les doigts dans le nez.
Au suivant de ces messieurs.
Des gueules d'enterrement.
Les anges se font plumer.
La tombola des voyous.
J'ai peur des mouches.
Le secret de Polichinelle.
Tu vas trinquer, San-Antonio.
En long, en large et en travers.
La vérité en salade.
Prenez-en de la graine.
On t'enverra du monde.
San-Antonio met le paquet.
Entre la vie et la morgue.
Tout le plaisir est pour moi.
Du sirop pour les guêpes.
Du brut pour les brutes.
J' suis comme ça.
San-Antonio renvoie la balle.
Berceuse pour Bérurier.
Ne mangez pas la consigne
La fin des haricots.
Y'a bon, San-Antonio.
De « A » jusqu'à « Z ».
San-Antonio chez les Mac.
Fleur de nave vinaigrette.
Ménage tes méninges.
Le loup habillé en grand-mère.
San-Antonio chez les « gones ».
San-Antonio polka.
En peignant la girafe.
Le coup du père François.
Du poulet au menu.
Le gala des emplumés.
Votez Bérurier.
Bérurier au sérail.
La rate au court-bouillon.
Vas-y, Béru !
Tango chinetoque.
Salut, mon pope !
Mange et tais-toi.
Faut être logique.
Y'a de l'action !
Béru contre San-Antonio.
L'archipel des Malotrus.
Zéro pour la question.
Bravo, docteur Béru.
Viva Bertaga.
Un éléphant, ça trompe.
Faut-il vous l'envelopper ?
En avant la moujik.
Ma langue au Chah.
Ça mange pas de pain.
N'en jetez plus !
Moi, vous me connaissez ?
Emballage cadeau.
Appelez-moi, chérie !
T'es beau, tu sais !
Ça ne s'invente pas !
J'ai essayé : on peut !
Un os dans la noce.
Les prédictions de Nostrabérus.
Mets ton doigt où j'ai mon doigt.
Si, signore.
Maman, les petits bateaux.
La vie privée de Walter Klozett.
Dis bonjour à la dame.
Certaines l'aiment chauve.

Hors série :

L'Histoire de France.
Le standinge.
Béru et ces dames.
Les vacances de Bérurier.
Béru-Béru.
La Sexualité.
Les Con.

Œuvres complètes :

Quinze tomes déjà parus.

SAN-ANTONIO

ÇA TOURNE
AU VINAIGRE

ROMAN

ÉDITIONS FLEUVE NOIR
69, Bd Saint-Marcel -PARIS-XIIIe

La loi du 11 mars 1957 n'autorisant, aux termes des alinéas 2 et 3 de l'Article 41, d'une part, que les *copies ou reproductions strictement réservées à l'usage privé du copiste et non destinées à une utilisation collective*, et, d'autre part, que les analyses et les courtes citations dans un but d'exemple et d'illustration, *toute représentation ou reproduction intégrale ou partielle, faite sans le consentement de l'auteur ou de ses ayants droit ou ayants cause, est illicite* (alinéas 1er de l'Article 40).
Cette représentation ou reproduction, par quelque procédé que ce soit, constituerait donc une contrefaçon sanctionnée par les Articles 425 et suivants du Code Pénal.

1956, « Éditions Fleuve Noir », Paris.

Reproduction et traduction, même partielles, interdites. Tous droits réservés pour tous pays, y compris l'U.R.S.S. et les pays scandinaves.

ISBN 2-265-00058-2

*A Marcel PRETRE
et à sa douce Erminia,
les plus charmants des amis.*
                              S.-A.

Plus que jamais, j'informe mon immense public que les personnages mis en cause dans les pages suivantes sont fictifs.

Qu'on se le dise !
                              S.-A.

QUELQUES AVIS AUTORISÉS CONCERNANT LA PERSONNALITÉ DE SAN-ANTONIO

— Cet auteur ne manque pas de sel.

Cérébos.

— ... Mais il n'a pas toujours l'âge d'oraison !

Bossuet.

— Un garçon qui possède du cachet !

Aspro.

— Quant à moi je lui rends Grace.

Rainier III.

— Je ne trouve qu'un mot pour exprimer mon enthousiasme !

Cambronne.

— C'est bon !

Banania.

— Il vous va droit au cœur !

Maréchal Ney.

COMBATS PRÉLIMINAIRES

1

Aux dires du *speaker,* les boxeurs s'appelaient respectivement Kid Dubois et Téo Jules. L'un était long et cagneux, avec un début de compteur à gaz dans le dos, style Charles Humez. L'autre avait une tête de plumeau, un buste sur lequel on avait envie de jouer du xylophone (because les côtes saillantes) et du poil aux jambes, signe évident de virilité. Bien que très différents d'aspects, ils offraient cependant un point commun : ils étaient coq.

Je me suis penché sur l'oreille en chou-fleur de Bérurier.

— Lequel est-ce, ton neveu ?

Il m'a montré le second.

— Téo Jules, a-t-il dit avec cette simplicité qui fait son charme, coin droit ! C'est un athlète, non ? Tu as mordu ces triceps ?

Je dois à la vérité de dire qu'il n'y avait pas grand-chose à mordre, malgré l'invite de mon collègue. Le Téo avait des bras suffisamment musclés sans doute pour coller des timbres dans un ministère, mais nettement trop chétifs pour lui valoir le titre de champion de l'Ile-de-France amateur.

— Et ces deltoïdes ! a trépigné le Gros... Ah ! je te jure, c'est bien un Bérurier !

— C'est vrai, ai-je admis, c'est manifestement, péremptoirement même, un Bérurier, il a ce regard inexpressif et ces traits asymétriques qui constituent les plus sûres caractéristiques de votre race.

Du coup, le Béru a freiné dans le dithyrambe.

— Ça va, respecte un peu mes ancêtres !

— Moi, je les respecte, ai-je protesté, ce sont eux qui ne se sont pas respectés en commettant des évadés de bidet comme toi et ton neveu.

Il allait aussi sec grimper sur son grand bourrin de bataille, mais le coup de gong a résonné, mettant aux prises les deux « athlètes ».

Bérurier s'est tu, l'œil démesuré, la bouche goulue, ses grosses mains d'assommeur frémissantes comme celles d'un amoureux qui vient de casser son lacet en caltant à un rambourt.

Il avait eu deux places pour les quarts de finale du championnat, auquel participait le neveu, et il m'avait brisé les vestibules jusqu'à ce que j'acceptasse de l'y accompagner, sa bonne femme abominant les émotions violentes. J'avais essayé de lui démontrer qu'il est inconvenant pour un oncle d'aller voir massacrer son neveu, mais il avait émis un grand rire caverneux, ce qui vaut du reste mieux que d'émettre un chèque sans provision.

— Massacrer ! Pauvre petit, si tu le voyais au turbin, le gamin ! Un vrai marteau-pilon !

Le gong m'allait donc permettre de voir...

La salle était tendue comme une corde de violon et la fumée commençait à composer un nuage bleuté autour des lampes à arc. Le ring était d'un blanc cru. Le maillot rouge, élégamment souligné de parements violets de Kid Dubois, celui d'un vert comestible de Téo Jules, prenaient des valeurs inouïes...

Je me disais que la boxe est, dans le fond (et même à l'entrée) un spectacle chatoyant.

Le Compteur-à-gaz a commencé par mettre un uppercut à la mâchoire de Bérurier junior. Le protège-ratiches du neveu est allé valdinguer sur le crâne de Max Favalelli. Téo s'est accroché un peu à la rampe. Un zouave à la hauteur aurait poussé son avantage mais Kid Duchnock était le premier surpris d'avoir balancé cette mandale et il a permis à son adversaire de récupérer derrière sa paire de gants.

— Ton neveu, ai-je murmuré à Bérurier, il devrait plutôt s'orienter sur la broderie ; il ferait peut-être une carrière...

Le Gros n'entendait pas, pour la bonne raison qu'il trépignait :

— Vas-y, Téo ! Tue-le... Ta droite ! Au foie ! Au foie !

Mais le gars Téo ne devait pas aimer le foie, car il s'obstinait à tenir sa garde serrée.

— C'est pourtant pas l'ouverture qui manque, fis-je observer à Bérurier, son adversaire est si peu couvert qu'il est à la merci d'un courant d'air...

Ça été la fin du premier round. Le *speaker* en a profité pour remercier M. Sédalo en affirmant que « ça » c'était du meuble. Des gens sifflaient dans la salle, ce qui contraria Bérurier.

— Attends un peu qu'il s'échauffe ! me promit-il, alors là tu vas voir démarrer sa droite !

Téo Jules avait un court-circuit dans les biscotos, car sa fameuse droite ne partit pas à la seconde reprise, bien qu'il y fît meilleure figure. Seulement à la troisième dernière, Kid Dubois fit une glissade et vint s'empaler sur le gant de son vis-à-vis, lequel, en cet instant, tendait justement la main comme pour vérifier s'il pleuvait. Le Compteur-à-gaz tomba, se releva, bras ballants, ce dont le neveu profita pour lui allonger le crochet droit de l'amitié. Bérurier trépignait et je l'ai retenu à l'instant où il commençait à consommer le bord de son chapeau de feutre qu'une épaisse couche de graisse rendait presque comestible.

— Ce gamin, m'aboya-t-il dans les oreilles, c'est le successeur de Carpentier.

— Oui, ai-je admis, comme Carpentier, il pourra très bien gérer un bar.

La joie du gros homme était trop intense pour

que mes sarcasmes puissent l'éteindre. Il rayonnait d'un orgueil paternel. Prenant à témoin son voisin de gauche, un gros type qui se cramponnait après un cigare, il lui révéla qu'il était l'oncle du jeune prodige, sur quoi le téteur de nicotine lui assura que ça n'avait rien de péjoratif, étant entendu une fois pour toutes que toutes les familles ont leurs tarés.

Ça a failli tourner à la grande bigorne et j'ai calmé mon pote en lui proposant d'aller écluser une petite bouteille de Champelure au bar. Bérurier est toujours partant dans ces cas-là... L'entracte étant proclamé, nous avons gagné le bar où se pressait une foule qu'on pouvait qualifier de disparate, sans crainte d'employer un vieux cliché.

La boxe groupe une extraordinaire multiplicité d'individus. On y trouve en abondance du métèque et de la vedette de cinéma, de la poule de luxe et du roseau pensant, du gars d'Aubervilliers et du B.O.F... Pourtant, la majorité de l'assistance se compose principalement de messieurs qui ont du graffiti dans le casier. Tout en sirotant mon glass de rosé, je reconnaissais des truands plus ou moins fameux et ces braves gens, dont j'avais jadis fourré certains en cabane, m'adressaient des petits saluts pleins de dévotion...

Les relations sont toujours excellentes entre un dur sorti du trou et le poulardin qui l'y avait fait entrer. Bérurier me signalait les blazes de ceux qui m'échappaient car sa grosse tronche est un vrai fichier.

— Tiens, vise Paulo-de-Nogent, s'il est bien fringué ! Jamais je ne pourrai m'offrir un sape de cette coupe !

— Tiens, Mathieu-la-Vache est sorti du placard ? Je croyais qu'il était à Poissy pour vingt berges ?

— Il s'est fait faire la remise de grand mutilé, gars !

— C'est malheureux, tout de même. Quand ils passent aux assiettes, on se dit qu'on va en être débarrassé, et puis, huit jours plus tard, c'est tout juste s'ils ne viennent pas vous demander du feu.

Béru disait vrai, à ceci près pourtant que Mathieu-la-Vache nous aborda civilement, non pour nous faire jouer les vestales, mais au contraire pour nous proposer des cigares.

C'était un individu gris de peau et aux yeux noirs. Il n'était peut-être pas crouille, en tout cas il n'avait pas vu le jour en Norvège. Il portait un costume bleu nuit, avec une chemise blanche et une cravate noire sur laquelle un artiste de grand talent avait peint un *digest* du Casino de Paris. Mathieu avait un nez long et élargi du bas, une bouche mince que deux rides pareilles à des cicatrices mettaient entre parenthèses, et des éventails à libellule que le conservateur du musée de l'Homme devait surveiller de très près.

Il paraissait heureux et sentait l'eau de Cologne coûteuse.

— Bonjour, gazouilla-t-il, alors la Grande Maison est de sortie à ce qu'on dirait ?

— Comme tu vois, Turabras ! riposta finement Bérurier.

— La Centrale aussi est en virouze ? ai-je murmuré en puisant dans l'étui à cigares.

Mathieu-la-Vache eut un sourire modeste.

— Oh! fit-il, Poissy, c'est de l'histoire ancienne. On m'a libéré pour bonne conduite.

— C'est bien, ça, bonhomme... Alors, nature, tu t'es remis au charbon ?

— Faut bien, j'ai des erreurs passées à racheter...

— Et tu marnes dans quoi ; dans les aciéries de Longwy ?

— Non, chez un agent de change...

Mathieu ne manquait pas d'humour, Bérurier non plus du reste.

— L'agent ne fait pas le bonheur, émit-il, histoire de se manifester, et il compléta afin de donner une idée précise de ses possibilités :

— Ça ne serait pas pour donner le change que t'es chez cet agent ?

En fin diplomate, Mathieu eut la bonne idée de s'esclaffer, ce qui plongea Béru dans une douce euphorie.

— On prend un pot ! décréta le gandin, c'est ma tournée...

Il fit servir des consommations de qualité et saisissant Bérurier par l'anneau de nickel de sa chaîne de montre, chuchota :

— Vous ne voulez pas un tuyau sûr pour le grand combat ?

— Un tuyau ? balbutia mon pote qui ignorait qu'on pouvait parier à la boxe.

— De l'increvable, garanti sur facture...

— Qui est-ce qui prend les paris ?

— Célestin... Je vous l'appelle... Vous pouvez parier à mort sur Micoviak, il gagnera avant la limite, c'est écrit dans les étoiles...

Mathieu eut un air grave et mystérieux, égayé par son bon mouvement. Il était heureux de faire gagner un peu de grisbi à un poulet !... Cela lui semblait relever d'une élémentaire courtoisie.

— Comment es-tu aussi bien affranchi, Mathieu ? j'ai demandé en le défrimant avec attention. Tu lis l'avenir dans le marc de café ?

— Admettons, a-t-il riposté en soutenant mon regard...

Puis, sentant que sa réplique m'indisposait, il donna une chiquenaude à ses oreilles éléphantesques.

— Avec des radars pareils, on est forcé d'entendre des choses, pas vrai ?

— Tu veux dire que le combat est truqué ?

— Je ne le dis pas, c'est une impression que j'ai, pas plus ; vous faites pas de berlues, m'sieur le commissaire.

Il cligna de l'œil.

— Et foutez quelques raides sur Micoviak, ce soir il est coté en bourse...

Pour couper court, car il commençait à regretter sa confidence, il héla un gros type suifeux, vêtu d'un complet déprimé, d'une chemise sale et d'une cravate en corde.

— Ho ! Célestin...

L'obèse insinua à travers la foule cent vingt kilos de viande pas fraîche. Sa bouche pendait, ses yeux aussi. Ses deux énormes joues donnaient envie de l'alimenter avec des suppositoires tellement elles étaient évocatrices.

Il nous regarda sans plaisir. Bien que ne nous connaissant pas officiellement, il était déjà au parfum de notre qualité de flic et, visiblement, il n'ambitionnait pas de nous compter parmi ses relations.

— Ces messieurs veulent risquer un petit bouquet, expliqua Mathieu-la-Vache en adoucissant cette déclaration d'un clin d'œil rassurant pour le book.

— Ah oui ?

— Oui, dit Bérurier... J'ai une idée sur Micoviak, pas vrai, San-A. ?

J'ai haussé les épaules.

— Parie si tu veux, moi je n'aime que les jeux de hasard...

Cette déclaration ambiguë fit rougir Mathieu. Il

regarda ailleurs d'un air absorbé. Célestin n'avait pas sourcillé.

— A combien le prenez-vous ? demanda-t-il simplement.

— A cinq mille, fit mon collègue en ôtant sa chaussure droite.

Nous le considérâmes tous les trois avec attention. Les deux truands se demandaient pourquoi Bérurier se déchaussait en un pareil instant, mais moi je savais que sa bergère lui faisait les poches et qu'il planquait ses grattes dans ses chaussures.

Il ôta sans pudeur une chaussette ravaudée, exhibant un large pied plat aux orteils agrémentés de cors. Ce pied ne pouvait être qualifié de douteux car il avait le courage de ses opinions.

— Tu ressembles à un intellectuel par le visage, dis-je à mon compagnon, et à un ramoneur par la partie inférieure ; tu es ce qu'on appelle un individu hybride...

Il puisa dans le fond de sa chaussette comme en une escarcelle un billet de cinq mille francs amolli par la transpiration...

— Vous ne direz pas que l'argent n'a pas d'odeur ! fit-il à Célestin en lui tendant la coupure...

Tandis que nous regagnions nos places, il me fit part de ses espoirs. Si la victoire de Micoviak pouvait lui rapporter vingt raides, il s'offrirait une canne à lancer et plusieurs heures d'oubli avec ces dames du bois de Boulogne.

On le voit, ses aspirations étaient éclectiques, mais Bérurier avait toujours été un grand pêcheur.

Le grand combat, à cause de sa mise de fonds, le passionnait davantage maintenant que celui du neveu.

Quant à moi, au contraire, je considérai que le spectacle était terminé puisque l'issue de la rencontre était archiconnue.

On présenta les combattants : deux moyens. Micoviak, son nom l'indiquait, était champion de France, et Ben Mohammed, son challenger, se présentait comme champion de Bourgogne. On ne peut combattre sous de meilleurs auspices que ceux de Beaune.

L'un et l'autre étaient agréablement baraqués. Micoviak avait la viande un peu trop rose avec des cheveux carotte qui se réclamaient de Van Gogh, et Ben Mohammed possédait une peau blanche comme un faire-part de baptême.

L'Arbi avait déjà fait onze combats professionnels qu'il avait tous gagnés avant la limite, et Micoviak, plus vieux, au contraire, venait de se faire rétamer le chaudron par le champion d'Europe de sa catégorie. Ce match était donc primordial pour lui et je comprends parfaitement qu'on l'ait truqué. Il avait besoin de se redorer son blason sous peine de devoir s'orienter illico sur le café-tabac de province.

Le premier round fut d'« observation »... Il y

eut quelques maigres échanges pleins de prudence... Puis, la bagarre démarra vers le milieu de la seconde reprise. Seulement, il n'y avait pas besoin de prendre une loupe pour comprendre que c'était du gros bidon. Les coups partaient molo et arrivaient plus mous encore. A ce train-là, le combat pouvait durer cent reprises... J'ai déclenché le pastaga :

— Chiqué ! me suis-je mis à hurler.

Ça s'est mis à murmurer autour de moi. Les invectives ont plu sur le ring !

— Hé ! les gars, battez-vous à coups de serpentins !

— Ils se font un massage facial, c'est pas possible !

— Du sang !

Les boxeurs ont pigé qu'il fallait tout de même se montrer plus convaincants. Micoviak manquait de punch, mais il avait du métier et il a dû se dire qu'après tout, son vis-à-vis étant payé pour s'allonger, il pouvait aussi bien l'étendre pour de bon... Il a lancé un crochet du gauche, bien contré par le Mohammed, puis un autre crochet du gauche qui n'a rencontré que les gants de l'adversaire. Cet Arbi avait tout ce qu'il fallait dans les brandillons pour devenir un crack ! Ça me faisait mal aux seins de le voir condamné à la passivité, alors que je lui sentais de la dynamite dans les gants. Fallait qu'il ait besoin de faire croûter son ascendance, ce pauvre mec... Probable qu'on lui avait promis la lune, à lui qui devait déjà regretter son soleil natal et la revanche, plus tard, la victoire par K.-O., le titre !

Il devait y songer de toutes ses forces, le crouille, en serrant ses ratiches sur son protège-dents.

Micoviak a de nouveau placé un gauche, mais Mohammed jouissait d'une fameuse esquive. Le gong les a séparés une deuxième fois et les populaires ont commencé à jouer « Je casse la cabane », parce que des combats de ce genre ils en voyaient tous les samedis soirs au troquet du coin, et de plus variés, de plus saignants, avec même le précieux concours de police secours en supplément au programme !

Les managers des deux hommes leur ont dit de mettre plus de cœur au turbin, car, à partir de la troisième, le combat a revêtu une certaine âpreté. Je m'y suis presque laissé prendre, me disant que Mathieu-la-Vache n'avait peut-être pronostiqué qu'en se basant sur des déductions personnelles et que les choses se déroulaient normalement ; mais en y regardant de plus près, je voyais bien que Mohammed ne mettait pas le paquet. Il laissait volontairement échapper des occases merveilleuses. A un certain moment, comme l'ouverture de Micoviak était aussi large que celle du Parc des Princes, j'ai vu démarrer la droite de l'Arabe, seulement il a pensé aux conventions collectives et son poing, en arrivant, avait la mollesse d'une feuille d'automne se posant sur une pelouse.

Micoviak en a profité pour placer un contre fulgurant. Ben Couscous est parti sur son dargeot et il s'est retrouvé assis dans la résine, avec l'air de se demander si l'autobus avait du retard ou si le cours de l'or s'effondrait.

L'arbitre, qui devait être au courant de la combine, s'est précipité pour compter le mec.

— Un... Deux... Trois... Quatre...

Mohammed s'est mis à genoux et a eu une espèce d'éternuement idiot.

— Cinq... Six.

En vacillant, il s'est redressé. Micoviak avait pris une pose détachée. S'il n'avait pas eu ses gants il se serait probablement fait les ongles. Il jouait les bêcheurs. C'était le genre « Mordez ma force et ma souplesse ».

Le tronc est parvenu à se mettre debout à « huit » et l'arbitre s'est arrêté de compter. Micoviak a fait fissa pour apporter la prune complémentaire ; heureusement le gong a retenti...

Bérurier m'a enfoncé deux côtes d'un coup de coude.

— Non, mais tu as vu, ce contre du gauche, dis ? Comment qu'il l'a à sa main, le bic !

— Évidemment qu'il l'a à sa main, il pose pour Rodin, le champion de Bourgogne... Le nain Pieral le mettrait K.-O. à ce tarif-là !

— Que tu dis ! Micoviak n'est pas rouillé...

— Pas rouillé ? Ça grince quand il bouge... Si le combat n'était pas truqué comme les poches d'un prestidigitateur, tu verrais le travail.

Mais Bérurier tenait à calmer sa conscience. Il espérait palper de l'argent justement gagné.

— Je ne suis pas de ton avis, éluda-t-il.

Le gong résonna.

— Invitation à la valse, fit le Gros...

Il fronça les sourcils en voyant le crouille bondir sur son favori.

— Dis donc, fit-il inquiet, il a récupéré et il a l'air d'en vouloir !

Il en voulait, Mohammed... Son visage était d'un sale gris et ses yeux brillaient comme des lampions. Probable que la pêche du copain lui est restée sur la brioche. Il s'estimait baisé en canard par ce coup sournois et il devait se dire qu'une vacherie pareille annulait tous les accords précédant le match...

La salle sentait qu'il allait se passer quelque chose et retenait son souffle. Micoviak, d'un seul coup, était moins rose. Il lisait la colère de l'Arbi dans ses carreaux et faisait gaffe à ses plumes.

Mais il pouvait toujours jouer à cache-cache derrière ses gants. Ce fut simple et rapide : un direct du gauche dans la boîte à ragoût, histoire de faire tomber sa garde, un crocheton du droit à la mâchoire, et le champion de France eut droit à sa minute d'oubli... L'arbitre, mécontent, le compta dix au milieu d'une ovation gigantesque.

Ben Mohammed leva le bras sans enthousiasme.

Il avait l'air de s'excuser.

2

Le Gros faisait une plus sale bouille encore que Micoviak. Le champion de France, au moins, découvrait des étoiles non repérables à l'observatoire de Pantruche, tandis que mon collègue voyait s'anéantir ses éconocroques du mois. Il l'avait mauvaise, Béru. Chez lui, sa bergère mettait l'embargo sur la pagouze et lui octroyait généreusement cinquante louis pour sa nicotine mensuelle et ses apéros. Il n'avait que la ressource de se rattraper sur les notes de frais, le pauvre chou. Il comptait des notes de taxi imaginaires à l'administration et se farcissait le métropolitain.

Sa frime était d'un jaune faisandé et ses bons gros yeux injectés évoquaient les méchants glaves de tubar.

— Laisse que je le rencontre à un virage, le Mathieu, murmura-t-il en enfonçant son bada plus graisseux qu'un beignet sur sa tête cabossée. Laisse-moi lui donner un tuyau à mon tour. Seulement, le mien, San-Antonio, il sera en caoutchouc avec un bath nerf de bœuf à l'intérieur.

Le vent de ses paroles attisait sa haine.

— Ces fumelards ! enchaîna-t-il, ça sort de taule pour se payer notre poire ! Ils nous prennent pour des cavillons, je te dis !

J'ai secoué la tête.

— Non, Gros, tu te colles la membrane dans l'œil ! Mathieu est le premier marron ; je suis certain qu'il y a eu maldonne. Le crouille a bloqué un parpaing qui l'a fait sortir de ses gonds, voilà tout. Et comme c'est un beau petit massacreur, il a passé sa mauvaise humeur sur le plexus de Micoviak.

Je disais vrai, à preuve c'est que Mathieu-la-Vache, courageux, nous attendait devant la sortie, l'air pas flambard du tout.

Il s'est approché de Bérurier et lui a subrepticement glissé un ticket de cinq raides dans la poche.

— Mande pardon, a-t-il dit, je vous ai fait faire une connerie, je ne sais pas ce qui s'est passé.

Du moment que Béru rentrait dans ses débours, son cœur s'est remis à chanter un hymne d'allégresse.

Il a fait semblant de ne pas voir le billet de banque.

— Tout le monde peut se tromper, a-t-il déclaré, imitant en cela le hérisson qui descendait de sur une brosse à cheveux.

Nous sommes partis, lui et moi, sur ces bonnes

paroles. Béru a insisté pour que nous allions boire la tournée de l'adieu dans une brasserie, en morfilant une choucroute. C'était une excellente initiative, à laquelle j'ai souscrit immédiatement, d'abord parce que j'aime la choucroute, ensuite parce qu'il était plus prudent pour mon ami de différer son retour à la maison. Le K.-O. prématuré avait écourté la réunion, et, à cette heure peu tardive, on pouvait parier un vent debout contre une place assise que la mère Bérurier était en train de se faire jouer « Ramone-moi » par son amant le coiffeur du dessous. A plusieurs reprises déjà, Béru les avait surpris en flagrant délit, et chaque fois, l'émotion violente qu'il avait ressentie à ce spectacle lui avait déclenché une crise d'entérite.

Le lendemain, le Boss m'envoya à Rouen enquêter sur une affaire de contrebande sans importance. J'y passai deux jours et ce fut dans ma chambre de *l'Hôtel de la Poste* que je lus un petit fait divers annonçant que Mario Josephini, le manager de boxe bien connu, venait de se suicider en se balançant en pleine nuit par la fenêtre de son cinquième, rue de l'Université... La nouvelle ne me frappa pas outre mesure, les journaux nous apportant quotidiennement une moisson de suicides, de meurtres et d'accidents. Seulement, en trempant mes croissants chauds dans le bol de café fumant que venait de m'apporter le garçon d'étage, je pensai que Mario Josephini était le

manager du jeune prodige Ben Mohammed ;
Alors, comme un flic a toujours l'esprit mal
tourné, je me dis que ce suicide n'en était peut-
être pas un !

Voilà.

PREMIÈRE REPRISE

1

Je sors du bureau du Vieux après lui avoir fait mon rapport, et bien entendu, je me casse le tarin sur Bérurier.

— Dis, San-A., t'as ligoté le baveux ?

— Je suppose que tu veux parler du suicide de Mario Josephini ?

— Oui.

— J'ai lu...

— Qu'est-ce que tu en penses ?

— La même chose que toi...

— Des représailles ?

— Ça se pourrait...

Il se gratte le nez, ou, plus exactement, il tâche d'attraper un poil dans l'une de ses narines. Lorsqu'il l'a saisi enfin de ses doigts boudinés, il tire dessus, mais il ne parvient à s'arracher que des larmes.

— Laisse-le, va, conseillé-je, si tu l'ôtais on serait obligé de te bourrer du persil dans le pif pour que tu sois vraiment toi-même.

Bérurier ne moufte pas ; il médite.

— Ce serait des façons tout ce qu'il y a d'américaines, dit-il.

— Tu parles !

— On doit se monter le bourrichon, conclut mon pote. Même si les zigotos qui ont mijoté le combat à la flan avaient voulu se venger, ils s'en seraient pris au crouille et non pas à son manager qui n'y pouvait mais !

— Oui, sûrement.

Je moule mon pote et j'entre dans mon bureau Je n'ai rien de très positif à faire en ce moment. Le Vieux attend un rapport de Londres pour me brancher sur une affure ; en attendant j'inscris repos à l'ordre du jour...

Je bâille en me demandant ce que je vais bien pouvoir maquiller ces temps, si, par hasard, mes vacances se prolongent. Félicie, ma brave femme de mère, est à la cambrousse, chez une cousine germaine qui pioge en Dordogne. Elle doit taquiner l'ablette car c'est une fervente de la pêche à la ligne... Je me sens seul et désemparé comme un môme... J'ai bien des nanas en réserve qui n'attendent qu'un signal de bibi pour accourir, le bustier en bataille, mais je n'ai pas envie de bonnir des salades à une femme présentement. Je fais ma cure annuelle de misogynie. Les gonzesses, si vous voulez ma façon de gamberger, nous accaparent trop. Comme troupes d'occupation, on ne fait pas mieux qu'elles. Vous parlez d'une bande de marchandes d'aspirateurs. Si vous leur laissez le temps de mettre le pied dans votre cœur, après vous êtes chocolat pour ce qui est de refermer la lourde ! Elles farfouillent partout, sans se contenter du tiroir de votre slip... Et ce qu'il y a de plus exigeant avec elles, c'est que non seulement il faut laisser flotter les rubans, mais encore on doit crier bravo... « Parle-moi, chérie, dis-moi des choses gentilles ! » Ah ! non, je vous jure, être mis au monde pour payer des impôts et donner la réplique à de telles foutaises, ça justifierait une demande de tarif dégressif à l'E.D.F. en vue d'un suicide au gaz !

Donc, pas de turbin, pas de nana et une vie familiale en veilleuse ! Avec ça, je n'ai plus que la ressource de prendre une biture à l'eau de Javel ou d'aller visionner le dernier film de la Carol Martine internationale ; mais ce sont là des joies relatives et je me tisonne l'imagination pour trouver du neuf.

Je pose les pinceaux sur mon sous-main et je cherche dans un miraculeux assoupissement une idée maîtresse lorsque j'avise un baveux par terre. Il est ouvert à la page des sports et, dans la rubrique « Boxe » il y a un encart annonçant que les obsèques de Mario Josephini auront lieu cet après-midi à 3 plombes.

Je rêvasse un instant à ceci. Il me paraît impensable qu'un manager de boxe se suicide. Le suicide est l'apanage (comme dirait Henri IV qui l'avait blanc), des intellectuels, des malheureux et de ceux qui ont un chagrin d'amour. Or Josephini exerçait une profession dont on peut affirmer sans hésiter qu'elle n'incite pas à dormir avec un bouquin de Sartre en guise d'oreiller. Ce zig possédait en outre une écurie de champions qui devait lui assurer de gentils revenus, ce qui règle la question fric. Quant à l'amour, si j'en juge d'après sa photographie, il devait moins le travailler que ses durillons lorsque le temps allait changer, Josephini étant, de son vivant, un homme au ventre éloquent. Un ventre signé Curnonsky et garanti pour longtemps. Avec ce baquet, il devait préférer la poularde demi-deuil plutôt que sur canapé. Il avait le nombril agressif et à fleur de peau, le Mario. Les gros hommes se butent rarement et en tout cas ne se défenestrent jamais because ils ont le respect inconscient de leur Dunlopillo...

Je décroche le bignou et je dis au standard de me passer le commissariat de la rue de l'Abbaye. J'obtiens en très peu de temps une voix fleurie d'accent corse.

— J'écoute, dit le préposé du commissariat.

J'annonce mon blaze et je demande après le commissaire Soupin, lequel préside aux destinées de la boîte à pandores du sixième. Soupin est un ancien pote de promotion. Moins casse-tronche que moi et plus paperassier, il s'est contenté d'une carrière davantage axée sur le timbre de quittance que sur le neuf millimètres.

— Allô, c'est toi, San-A. ?

— Confidentiellement, c'est bien moi ; je ne te dérange pas ? Comment se porte ta collection de mouches ?

— Elle bourdonne...

— Bravo !

— Quel bon vent ? coupe Soupin qui a toujours redouté les jeux de l'humour et du Bazar de l'Hôtel de Ville.

— C'est pas un bon vent, mais à peine une simple brise capricieuse, mon brave ; j'aimerais que tu me parles d'un certain Josephini, marchand de boxeurs que tu as ramassé avant-hier sur un trottoir.

— Tu le connaissais ? s'inquiète cette machine à distribuer les certificats de domicile.

— Non, mais j'aimerais faire sa connaissance...

— Il me semble que tu t'y prends un peu tard...

— Il n'est jamais trop tard pour se pencher sur la vie de ses contemporains.

— En ce cas, tu devras te pencher bien bas, et il ne risque pas de t'en raconter bien long, le pauvre zig !

— On ne t'a jamais appris au cours du soir du parfait Sherlock qu'un mort en raconte souvent plus qu'un vivant ?

Il toussote.

— Trêve de plaisanteries, que veux-tu savoir ?

— Comment il est mort, pour commencer...

— Ça, ça n'est pas le commencement, mais la fin...

Il a un petit rire satisfait.

— Très simple, enchaîne-t-il, dans la nuit de lundi à mardi, vers 1 heure du matin, il s'est balancé par la fenêtre de sa chambre à coucher... Cinq étages en chute libre et une bordure de trottoir à l'arrivée, ça suffit à calmer les gens nerveux...

— Justement, lui ne devait pas l'être beaucoup. C'est toi qui as fait l'enquête ?

— Qui veux-tu que ce soit ? Le crémier du coin ?

Il commence à me briser les bonbons, Soupin. Il y prend goût aux joutes de l'esprit, cette émanation du peuple le plus spirituel de la Terre !

— Ne fais pas de dialogue, tranché-je, ça risquerait d'exciter un producteur de films et le cinéma est assez pauvre comme ça. Raconte-moi un peu ta façon de penser, Soupin.

Mon ton grave le ramène aux réalités.

— Suicide, résume-t-il. Il n'y a pas d'autres conclusions à tirer de ce drame. Josephini vivait seul chez lui. Nous avons dû enfoncer la porte de son appartement pour entrer, car le verrou était tiré. Et ça n'est pas un verrou à clé, donc il n'avait pu qu'être bouclé de l'intérieur, tu vois le topo ?

Comme l'appartement était vide, fais-toi une idée...

Ce qu'il dit m'apaise. Oui, il s'agit bien d'un acte de désespoir.

— Il est grand, cet appartement ?

— Pas très : chambre, salle à manger-salon, cuisine, salle de bains. Tu cherches à te loger ?

— Pas d'autres issues ?

— Si, rigole Soupin, les fenêtres...

— Elles donnent toutes sur la rue ?

— Toutes ! C'est très gai, le seul ennui c'est qu'il n'y a pas d'ascenseur.

— Et la salle de bains ?

— Entièrement carrelée en faïence verte, mon cher, elle a un côté champêtre qui va jusqu'à la chlorophylle.

— Une fenêtre ?

— Munie de barreaux et surplombant une cour de cinq étages...

Mes questions commencent à l'agacer car il lance d'une voix bougonne à un type qui doit se trouver dans son bureau :

— Je m'excuse de vous faire attendre, je vais en avoir terminé.

— Tu phrases, Soupin, lui dis-je. M'est avis que tu potasses les traités de maintien à tes heures perdues...

— C'est tout ce que tu veux savoir ?

— Pourquoi, je t'ennuie ?

— Non, mais j'ai quelqu'un dans mon bureau et...

— Une dernière question : Josephini avait-il une vie sentimentale ?

— A priori très calme... Il était divorcé depuis une dizaine d'années et il se farcissait du casuel, mais sans excès... Je crois qu'il préférait le fric. Écoute, San-Antonio, si tu comptes écrire la vie de Mario Josephini, tu as intérêt à te tuyauter à *Ring* ou au journal *l'Équipe*. Tout ce que je peux te dire, c'est qu'il est mort d'être tombé d'un cinquième et que personne ne l'a poussé, pour le reste...

Il croche un sec « bonsoir » et raccroche.

Je pose le combiné, vaguement gêné d'avoir mis tant de mordant dans une idée aussi sotte. Soupin a eu raison de m'envoyer aux prunes. De quel droit cherché-je des poux dans sa paille ? Faut toujours que je vienne jouer « Marie-Rose au service de la France » dans les occupations de mes collègues, c'est le côté onguent gris de mon personnage. Et après tout, pourquoi Josephini ne se serait-il pas expédié en port payé chez saint Pierre ? Tout le monde est maître de ses abattis !

L'entrée de Bérurier dans mon burlingue me fait sursauter.

Le Gros paraît de mauvais poil. Peut-être qu'il a retrouvé le calcif du coiffeur sur sa descente de lit ?

— Vois-tu, San-Antonio, déclare-t-il, un rien « dantonesque », plus je pense...

— Moins tu comprends ? coupé-je.

— Oui, convient-il, moins je comprends pourquoi le manager de l'Arbi se serait tué. Se buter, dis, ça ressemble à quoi ?

— A rien, et moins encore à toi, dis-je. Pourtant, c'est un fait. Je viens de téléphoner à Soupin, le commissaire de la rue de l'Abbaye, il est formel... Josephini était seul dans la crèche la nuit où il a joué Valentin-l'homme-oiseau. Pas d'autre issue que la lourde et celle-ci était fermaga du dedans par un verrou à tirette.

— Il était peut-être somnambule ?

— Va savoir...

— Ça arrive, assure-t-il. Tiens, j'ai un cousin...

— Qui est gendarme dans l'Aveyron ?

Il me regarde.

— Oui, comment le sais-tu ?

— Une prémonition, Gros, vas-y !

— Eh bien, quand il rêve, il marche sur les toits...

— Ça fait longtemps ?

— Tout petit déjà...

— Et il n'est jamais tombé ?

— Non !

— Les somnambules ne tombent jamais... Veux-tu le fond de ma pensée ?

La physionomie de Bérurier se fait gourmande.

— Je t'écoute !

— Suis-moi bien : la maison de Josephini ne comporte pas d'ascenseur...

— Alors ?

— Alors, selon moi, le manager n'avait plus de cigarettes, il a voulu en acheter et, comme il était pressé, il a pris un raccourci...

Bérurier reste une minute et demie la bouche ouverte. Délicatement, je soulève la partie inférieure de sa mâchoire afin de l'opposer à la partie supérieure.

— Restez couvert, mon vieux, lui dis-je aimablement, il y a des courants d'air dans le coin.

2

J'achève de casser la graine à la brasserie située en face de la Grande Taule lorsque mon collègue Pinaud, l'homme aux cils farineux, enfonce le bec-de-cane et s'avance dans l'établissement.

La semelle de sa chaussure gauche étant décousue, il se prend le pied dans la barre de cuivre maintenant le tapis-brosse de l'entrée et s'affale dans le porte-parapluies. La bonne se précipite pour le relever, ce qui permet à Pinaud de pousser un regard détaché dans le décolleté-grand-frisson de la donzelle. Puis il ramasse son dentier sur le dallage, souffle la sciure qui s'y est collée et se le carre dans le clapoir. Ayant récupéré sa dignité en même temps que ses ratiches et son équilibre, il assure à tout venant qu'il n'a aucun mal et s'approche de ma table.

— Tu as des entrées de cirque très au point, dis-je.

Il sourit avec humilité.

— J'ai fait du théâtre en étant jeune, m'explique-t-il.

— Et tu jouais quoi ? La partie antérieure d'un lion dans Ben-Hur ? Tu as la tête à ça !

— Rigole pas, murmure mon docte compagnon, j'avais un nom.

— Le tien ?

— Non, j'avais pris un pseudonyme...

— Tu t'appelais comment ?

— Pinaut, avec T...

Je pars d'un intense éclat de rire, ce qui vaut mieux que partir à la conquête du pôle Sud.

— T'as le sens des nuances, Pinuche.

— Je vais t'expliquer, j'ai fait ça pour ma famille : mes parents étaient chausseurs et...

— Et ça leur faisait de la peine de voir leur lardon se comporter comme un pied ? Je les comprends, tes marchands de lattes ! Entre nous, ils auraient pu te léguer une paire de ribouis... Tu prends un café, vieillard ?

— Plutôt un calvados...

Je hèle la soubrette. C'est une nouvelle, bien en chair, avec l'air de vous servir ses nichons sur un lit de cresson en même temps que le contre-filet de bœuf.

— Deux calvas et ton sourire, ma chérie, lui lancé-je.

Optimiste, je crois les souvenirs théâtreux de Pinaud taris, mais avec Pinaud, les souvenirs ne le sont jamais. Faut toujours qu'il la ramène d'une façon ou d'une autre et, en général, c'est plutôt d'une autre.

— Tu as dû voir mon nom sur les affiches, au théâtre Nouveau à Montrouge, enchaîne-t-il, profitant de ce que j'achève ma tarte aux pommes.

— Ben voyons, m'écrié-je, tu étais affiché en vedette chinoise, tout de suite après les prix des places...

Il hausse les épaules et me déclare qu'on ne peut jamais parler sérieusement avec moi. Je remarque alors qu'il porte une cravate noire et une chemise blanche. Jugeant le fait insolite, je lui en demande la raison et il m'explique qu'il se rend à l'enterrement de Josephini tout à l'heure.

Cette nouvelle me méduse (comme dirait un peintre en radeau). Voilà que le Josephini réapparaît dans mon tympan au moment où je commençais enfin à l'oublier. Qu'est-ce à dire? Je suis soudain frémissant. Parce que, voyez-vous, je crois en un concours de circonstances. Appelez ça comme vous voudrez, mais j'ai remarqué que nous vivons dans un monde où l'absurde n'existe que dans le cœur des hommes et non dans le bouleversement de leurs actions.

— Tu le connaissais? fais-je.

Pinaud ne répond pas car, une fois de plus, ses yeux flétris vagabondent dans le décolleté de la serveuse.

— Je te parle, hé, libidineux! Faut que les

demoiselles mettent une armure pour te servir, maintenant ?

Il sursaute.

— Je te demande pardon, je pensais à quelque chose...

— Et moi je te demande si tu connaissais Josephini...

Il sourit, de son rire de brave homme un peu gâteux.

— Ben voyons ! C'était mon beau-frère...

Encore un coup de semonce du hasard. Il est toujours là, LUI, embusqué, prêt à surgir ou à donner un petit coup de pouce à la vie lorsque le moment est choisi.

Pinuche, beauf de Josephini ! On les verra toutes cette année ! Ma stupeur doit se traduire par un reflux sanguin à mon visage car Pinaud me dit, surpris :

— Qu'est-ce qui t'arrive pour que tu prennes la blancheur Persil, tout d'un coup ?

— Ton beau-frère ! je soupire.

Il y a du jaune d'œuf dans la petite moustache de mon collègue et ses yeux en virgule clignotent comme le feu de signalisation d'un chantier.

— Ben oui, dit-il. Il avait épousé la sœur de ma femme, enfin, une des, car les Dufouinard elles étaient huit filles. Le seul garçon a été tué en 14... Il était dans les cuirassiers... Un très beau gars, blond, j'ai vu sa photographie à cheval...

Je coupe net, à la base, l'arbre généalogique des Dufouinard.

— Donc, tu as connu Josephini ?

— Ben voyons... Remarque qu'on ne se voyait plus depuis dix ans puisqu'il a divorcé d'avec ma belle-sœur Marthe ; mais c'est pas une raison pour que je n'aille pas à son enterrement. Je serais à sa place, ça me ferait plaisir qu'il vienne au mien !

Sur ces considérations purement humanitaires, Pinaud sollicite de la serveuse une nouvelle tournée de calvados.

— Ça t'ennuierait que j'aille avec toi, à l'enterrement ? fais-je. Je n'ai rien à fiche et ça me tuera le temps.

Mon pote en avale son alcool de pomme de traviole.

— Tu as de ces distractions, fait-il.

Puis, se ravisant :

— Tu l'as peut-être connu aussi, non ?

— Non... Mais c'est un gars qui m'intéresse. Dis-moi, tu as trouvé normal qu'il se bute ?

— Un suicide n'est jamais normal, déclare Pinaud. Franchement, j'ai été surpris, parce que Mario était un bon vivant... Il avait une belle situation et ça n'était pas une mauviette... Mais, après tout, ça ne signifie pas grand-chose, on ne peut pas savoir ce qui se passe dans le crâne d'un homme...

Nous nous levons pour gagner le Père-Lachaise. Il fait soleil, mais un vent froid tord les fumées sur les toits. Un joli temps pour enterrer des ex-beaux-frères !

Tout le monde de la boxe est là, recueilli. Le cortège est choisi : il se compose de gens qui ont tous le nez aplati et les manettes en chou-fleur. On dirait les représentants d'une même race dont les caractéristiques seraient celles des Mongols.

— Tu parles d'un cheptel, je susurre à l'oreille de mon collègue.

— Y en a pour de l'argent, souligne-t-il.

J'identifie çà et là d'anciennes vedettes du ring, des nouvelles aussi. Les unes comme les autres se sont fait sculpter la viande à coups de boule de cuir. J'espère pour eux qu'ils ont eu la bonne idée de se faire tirer le portrait à l'orée de leur carrière. Ils peuvent employer les bonnes soirées d'hiver à rêvasser devant ces témoignages du passé : « *Quand j'étais don Juan !* » « *Mémoires d'une patate !* »

Faut tout de même être gonflé pour se faire triturer la devanture de cette façon. Oh ! si vous mordiez ce convoi ! On dirait un métinge des gueules cassées. Ils reviendraient comako de la riflette, les encaisseurs de quetsches, on les pensionnerait dare-dare à cent pour cent. Seulement, comme ils ont pris ça entre douze cordes, sous la lumière des lampes à arc, les nanas sont dingues pour leur hure. Qui n'a pas son boxeur ? Demandez votre champion... Glaçons, marrons glacés, crochets au foie ! Le vache délire. C'est ce qui vous prouve l'incohérence des souris. Pour elles, ce qui importe, c'est la galerie. (Y compris celles de la rue La Fayette.) Elles veulent du boxeur et du boxer : au plus c'est moche, au plus ça fait viril ! Leur rêve, ça serait d'en dégauchir un qui soit champion du monde à vie, et tant mieux s'il a le portrait revu et corrigé par Picasso.

Je pense à tout cela en piétinant le gravier du cimetière...

Pinaud se penche sur moi.

— Bénaïm aurait tout ça au même programme, me dit-il en montrant l'assistance, il pourrait foutre les fauteuils de ring à dix mille balles.

Le magnésium crépite. L'enterrement d'un suicidé connu fait toujours recette. Dans l'ordre des valeurs publicitaires, il se situe entre une fausse-couche de Miss Univers et la centrente-quatrième enquête de Lurs... C'est la providence des journaleux.

Soudain, j'avise Ben Mohammed, le vainqueur de Micoviak. Il est là, foutriquet dans un costume de ville. On ne dirait jamais que c'est l'espoir numéro un de la boxe française. Il fait une drôle de trompette. J'ai idée que la mort de son manager doit le laisser rêveur. J'aimerais avoir quelques instants de conversation en tête à tête avec lui.

Parce que, voyez-vous, malgré la preuve du suicide de Josephini, je persiste à croire qu'une puissance extérieure est intervenue. Le petit crouille semble tout bizarre. Il n'y a pas que de la tristesse sur sa face grisâtre, mais aussi de la peur. Il regarde autour de lui d'un air implorant... A moins que ça soit une idée absurde germée sous ma coiffe... Faut que je sache. Si je me mets à construire des romans à trois francs cinquante, vaut mieux que je prenne ma retraite anticipée...

Lorsqu'on achève de refiler l'eau bénite, autour de la tombe, je moule Pinaud sous prétexte de saluer un aminche, et je me rapproche en loucedé de Mohammed... Il s'en va, tout seulâbre, dans le grand cimetière, cet enfant de la gloire...

Une fois hors du cimetière, il se dirige vers la station de taxis, because il n'a pas encore les moyens de s'offrir une tire amerlock couleur framboise-dégueulée. Mais ça viendra... Ses bourses grossiront, si je puis dire.

L'un suivant l'autre, nous parvenons à la hauteur de ma bagnole. Je presse le pas et touche l'épaule de l'Arbi. Il sursaute et fait une volte-face. Son regard est charbonneux, comme dirait Jean Mineur. On le sent prêt à balancer une prune à celui qui voudrait lui chercher du suif. Pour calmer ses instincts belliqueux, je lui décoche un merveilleux sourire qui attendrirait un percepteur.

— J'aimerais te parler un peu, mon petit gars...

— Qu'i-ce qui vous me vouli ? crache Mohammed.

Je louche sur sa main droite ; fermée, elle compose un poing dur comme l'acier.

— Retiens-toi, Mohammed, la Fédération te retirerait ta licence si tu avais le malheur de mailloucher un poulet.

Il me regarde sans piger. Je lui produis alors ma carte. Mais elle n'accapare pas outre mesure (comme dit mon tailleur) son attention.

— Ji sais pas lire, avoue le champion.

Si c'est pas malheureux, tout de même ! Voilà un moujingue auquel on a appris à casser la figure de ses contemporains avant de lui apprendre l'alphabet ! Quelle époque épique !

— Ça veut dire POLICE, dis-je en lui désignant le mot écrit en rouge. On va employer la méthode globale pour t'éduquer, mon chéri...

Il tremblote.

— Police ! balbutie-t-il, mais qu'i-ce qui ji fait ?

— Rien, c'est pour pas qu'on te fasse, au contraire, que je veux te parler... Monte dans ma voiture, on va se promener un brin...

Il m'obéit, de plus en plus troublé. Je pilote mon char un moment, jusqu'à ce que j'aie repéré un bistrot tranquille sur les rives du canal.

— Viens, je t'offre un verre...

— Ji bois pas...

— Alors un cornet de frites, mais arrive, bonté divine ! et ne fais pas cette tête-là, je ne veux pas te becqueter...

J'ai eu bon naze de choisir cet estaminet. Il est pépère... Une grosse matrone avachie derrière un zinc est en train de faire faillite sans trop s'en rendre compte, en éclusant son dernier tonneau d'aramon. Pas un clille.

Je choisis une table près de la fenêtre et je commande un rhum et un vichy. La gravosse pousse un gémissement et s'extirpe de son comptoir. Elle est grasse comme un beignet, avec l'œil trouble, des bas en accordéon et une paire de pantoufles qui n'en peuvent plus.

Elle nous apporte les consommations et regagne sa base en ahanant.

— Bon, parlons sérieusement, Mohammed, c'est-à-dire de la mort de ton manager...

Alors là, il accuse vilain le coup. Il a le regard ovale brusquement, et plein de trucs bleus.

— Vois-tu, j'ai dans l'idée qu'il s'est fait rétamer par une bande de loustics qui ne te pardonnent pas ta victoire de l'autre soir, tu me comprends ?

Il esquisse un bref signe affirmatif. Je sens que je tiens le bon bout, et aussi que mon instinct ne me trompait pas.

Décidément, quand il y a du louche (comme diraient les frères Lissac) je mets pile le doigt dessus.

— Je vais te dire, poursuis-je en regardant l'Arabe, j'ai su, par quelqu'un de bien placé, que ta rencontre avec Micoviak était du bidon. Tu devais t'allonger afin de remonter le standing du Polak de Belleville, c'est pas vrai ?

Maintenant, il est subjugué. Il me regarde avec crainte et ferveur.

— Oui, ci vrai... Ci vrai... Ci missieur Mario qui m'avait dit : on perd citte rencontre, et pis après on signe un contrat pour li revanche. Ti prends li titre facile à Micoviak...

— J'ai assisté à la rencontre, tu as perdu les pédales, hein ?

— Li m'a fit très mal, ji plus pu mi retenir, alors ji cogné. Missieur Mario, di coin, il mi criait « attention »...

— Bon, tu as descendu le gnard ; ensuite, que s'est-il passé ?

— Missieur Mario m'a engueulé. Et pis di zhommes sont vinus à la salle d'entraînement. Ils m'ont dit que si ji recommençais à jouer au c..., ji pourrais aller vendre di tapis au lieu di boxer...

— Ils étaient comment, ces hommes ?

— Bien habillés...

Je ne sollicite pas davantage de détails descriptifs, me doutant bien que lui et moi n'avons pas les mêmes conceptions de l'élégance.

— Nombreux ?

— Deux.

— Vieux, jeunes ?

— Un grand vieux, d'au moins quarante ans...
Je renoue ma cravate.

— Et un plus jeune...

— Tu as su leurs noms ?

— Non... Si... Li vieux ? Missieur Mario li disait missieur Abel...

— Il s'appelait Abel ?

— Oui...

— Et Mario semblait avoir peur ?

Le petit Arbi passe ses pattes de raton laveur dans sa tignasse bouclée.

Il n'a inventé ni l'eau chaude ni la poudre à faire féconder les mulets, pourtant, son ignardise mise à part, il se cantonne dans une bêtise sobre et de bon ton.

En tout cas, il a une qualité primordiale : il est animé d'une farouche bonne volonté. C'est un consciencieux. Toute sa vie, il ne fera que ce qu'on lui dit (à moins qu'on le fasse sortir de ses gonds par une châtaigne mal placée), mais il le fera bien.

Il cherche désespérément à piger mes questions.

— Peur ? répète-t-il. Non, ji ni crois pas... L'était tris en coulère contre moi, li disait divant li missieurs que si ji recommençais il mi laisserait tomber...

Je m'abîme dans des pensées moroses. Je cherche ce qui sonne faux dans mon problème et je trouve : Mario Josephini ne pouvait être tenu pour responsable du malencontreux coup d'humeur de son poulain. La réaction de Mohammed avait été une réaction humaine, normale et incontrôlable. Et puis, jamais je n'avais entendu dire qu'un manager de boxe fût mis en l'air (c'est exactement le terme qui convient ici) parce qu'un gars de son *team* n'avait pas été réglo... Même aux États, ce sont les boxeurs en personne qui la sentent passer...

M'est avis, les gars, que le farniente a sur moi un effet désastreux. Je suis en train de me construire un bath petit cinéma portable et de me projeter à longueur de journée « Y a de l'eau dans le gaz », avec San-Antonio dans le rôle du tuyau !

L'Arbi respecte mes réflexions.

Je lui souris.

— T'es un bon petit mec, et tu feras une belle carrière dans l'albuplast et le collodion... Dis donc, quand as-tu vu Josephini pour la dernière fois ?

Il scrute son passé.

— L'après-midi avant qu'il tombe di sa finêtre !

— Tu l'as vu où ?

— A la salle.

— Il était normal ?

Je me reprends, estimant ma question trop calée, parce que trop générale pour ses méninges martelées.

— Il n'avait pas l'air ennuyé ?

— Non...

Il réfléchit un peu, ce qui produit des craquements sous son chapiteau.

— Sauf quand li dame li venue li chercher...

Je sursaute.

— Une dame ?

— Oui... Missieur Mario mi faisait travailler ma droite au punching-ball ; et pis li dame i entrée... Quand li a vue, missieur Mario a eu l'air bien embêté.

— Qu'a-t-elle dit ?

— Rien... Si tinait droite dans la porte avec belles fourrures blanches et si cheveux jolis dorés... Missieur Mario m'a dit qui ça allait bien comme ça pour aujourd'hui, enfin, pour l'autre jour, quoi ! Li a remis sa veste et li est parti avec li dame... Pas content... Et pourtant li dame était vachement balèze...

Il boit son verre de Vichy. La grosse vachasse du zinc est arrimée après son rade comme une baleine crevée après une banquise... Elle arrive à nous jeter un regard flasque de ses grosses gobilles ravagées par le picrate.

Ce que vient de m'apprendre le petit champion m'intéresse bougrement.

Quelques heures avant sa mort, une belle nana emmitouflée dans du poil coûteux est venue à la salle d'entraînement. Elle n'a eu qu'à paraître pour que le manager fasse la gueule et se taille avec elle. Vous ne trouvez pas ça curieux, vous ?

— Cette dame, tu l'avais déjà vue ?
— Jamais...
— Elle était à l'enterrement, tout à l'heure ?
— Non...
Je me lève.
— Ça ira pour aujourd'hui. Donne-moi ton adresse, moi je vais te refiler la mienne. Si on a du nouveau ; on se contacte, d'accord ?
— Oui, missieur.

Je jette un coup d'œil admiratif sur ses épaules puissantes. Il ne doit pas faire bon être « contacté » par un moyen de cette trempe. Bien que la tenue de ville le désavantage, on devine facilement les biscotos dans les manches.

— Hé ! lui lancé-je, au moment où je le largue à une station de taxis, si tu veux me permettre un conseil : soigne ta garde et tu iras loin !

3

Mathieu-la-Vache est en train de se cogner une vieille belote des familles au *Bar Bithurique* (le patron est un ancien préparateur en pharmacie qui a dû lire l'almanach Vermot dans sa jeunesse) lorsque j'enfonce le bec-de-cane d'un geste à la fois noble et dégagé. Il a pour partenaires trois zigs dont les faciès évoquent un grave accident de la circulation. Ils sont balafrés comme des troncs de palmiers et avec ce qu'ils se sont collé sur la terrine comme albuplast, on arriverait à faire tenir droit les seins d'une douairière. Un vrai dessin de Dubout !

Mathieu annonce un carré de dix et, pour jouir de son triomphe, jette un regard aussi satisfait que circulaire sur l'auditoire. Il m'aperçoit et, du coup, oublie ses brèmes... Il est gêné et anxieux. Il crie au patron :

— Denis, chope ma place un instant, elle est toute chaude !

Il serait dommage qu'un carré de dix fût perdu.

ÇA TOURNE AU VINAIGRE

J'assiste à la mutation et je m'éloigne avec Mathieu vers le fond du bar où se trouve une table judicieuse dans un renfoncement adéquat.

— Vous prenez un petit pastis ? s'informe Mathieu.

— D'ac...

— Deux spécials ! lance-t-il à la demeurée qui sert de valetaille, avec une voix bien timbrée et un solide mépris du pluriel des mots en *al*.

D'un commun accord, nous attendons d'être abreuvés pour entrer dans le vif du sujet. De toute façon, Mathieu ne peut que me laisser l'initiative de la conversation. Il paraît inquiet.

Je goûte le pastis. En effet, c'est du spéciaux, il est épais comme une nuit de décembre et possède un agréable parfum.

— Alors, attaqué-je, cet agent de change, il fait relâche aujourd'hui ?

Mathieu se trouble.

— C'est-à-dire que je n'y vais pas tous les jours, vous comprenez ?

— Pardine...

Je joue à imprimer des ronds sur le marbre du guéridon en utilisant le pied de mon verre comme tampon.

— Dis-moi, Mathieu, connais-tu un certain Abel ?

Il reste immobile, de l'hésitation plein le crâne. Son nez aplati pend comme une trompe d'éléphant et il semble embêté.

— Abel, se décide-t-il enfin, attendez, ça me dit quelque chose...

— Je l'espère bien !

— Ça ne serait pas d'Abel Bubœuf que vous causez ?

— Possible. Il est comment, ton Dubœuf à la mode ?

— Grand, costaud, avec les crins en brosse...

— La quarantaine ?

— Un poil de plus, mettons quarante-cinq carats pour faire le compte.

— Est-ce qu'il ne s'occuperait pas de... de boxe, mon grand ?

Mathieu fait la grimace.

— Je ne peux pas vous le dire... Je...

Je pose mon glass d'un geste si brusque que le pied casse net. Je tourne vers mon voisin de banquette un regard qui ferait fondre un réfrigérateur.

— Écoute, Mathieu, tu as beau travailler chez un agent de change (et j'appuie sur le terme), n'oublie pas que tu as encore ton coulant de serviette à Poissy. Quand on a un pedigree comme le tien, on tâche à faire plaisir à m'sieur l'agent chaque fois que l'occasion se présente, tu me comprends ?...

— Vous fâchez pas, proteste-t-il, un peu pâle.

Il ajoute :

— Je suis pas un saint, m'sieur le commissaire... Seulement, voyez-vous, j'ai jamais becqueté à la grande gamelle. Je demande pas mieux que de vous rendre service, mais...

— Arrête, Mathieu, tu vas me faire chialer et j'ai oublié mon mouchoir ! Quand tu te mets à jacter sur ta conscience, y a comme de la *Marseillaise* dans l'air... Je te demande deux choses. *Primo* : où peut-on rencontrer cet Abel ? *Deuxio*, mais c'est la question subsidiaire : s'occupe-t-il de boxe ?

Mathieu fait claquer ses doigts. La fille au regard éteint a dû potasser l'alphabet sourd-muet sur les pages illustrées du Larousse car elle rapporte des pastis sans que Mathieu ait proféré un seul mot.

Mon compagnon se masse le naze.

— M'est avis, fait-il, que Dubœuf drague dans un bar, avenue Junot... Vous dire lequel, je m'en rappelle plus... Maintenant, pour ce qui est de la boxe, c'est possible qu'il s'en occupe...

Ce disant, il a l'air aussi franc qu'un monsieur rentrant chez lui à minuit couvert de rouge à lèvres.

— Ce que tu es plus sympathique, Mathieu, quand tu laisses ta conscience dans le porte-parapluies !

Il n'a même pas le courage de sourire. Je sors de l'auber de ma vague pour douiller l'orgie anisée, mais il étend un bras décidé :

— Laissez, m'sieur le commissaire, je suis ici dans mon fief...

Je rengaine mon bel argent sans insister. Ça le vexerait, et avec les hommes donneurs, il faut se méfier.

Le soir tombe avec un bruit mat lorsque je m'insinue dans un café de l'avenue Junot. C'est le troisième que le visite. Dans les deux premiers, on m'a assuré ne pas connaître d'Abel Dubœuf (en daube) et ces affirmations m'ont été faites d'un air si innocent que je désespère de mettre ce soir la main sur le copain de Josephini. Pourtant, en entrant au *Léon's,* mon regard rencontre celui d'un type qui sort précipitamment d'une cabine téléphonique. Ce type doit être Abel, si je m'en réfère à ses cheveux en brosse et à son désir de se tailler. Pas d'erreur, le taulier du deuxième troquet a passé un coup de bignou ici pour prévenir Abel qu'un poulet déguisé en beau garçon le cherchait, et Abel préfère remettre notre entrevue à plus tard.

Je le biche par un revers au moment où il va passer le seuil.

— Minute, fais-je, je voudrais vous dire un petit mot...

— Mais je ne vous connais pas...

— Nous allons faire les présentations, venez avec moi...

Il doit être du genre patient car il se fout en

renaud : d'un coup de patte il me fait lâcher son veston.

— Dites donc, faudrait voir à ne pas jouer au petit soldat avec moi, hein?

Je soupire et lui montre ma carte.

— Tu t'appelles bien Abel Dubœuf?

— Il paraît.

Hargneux, il jette :

— Mais c'est pas une raison pour me tutoyer, on n'a pas gardé les vaches ensemble !

Il a de l'esprit, Dubœuf !

— Excusez-moi, m'sieur le baron, murmuré-je, j'avais pas remarqué le blason brodé sur votre slip.

L'homme me déplaît souverainement. Je n'ai jamais eu beaucoup de tendresse pour la pègre, mais il y a des tronches qui dépassent une catastrophe. De cet individu se dégage une impression déprimante de saloperie ambulante. Il doit être teigneux, haineux, sournois, mauvais et diabétique.

— Vous allez me suivre illico, coupé-je brusquement.

— De quel droit?

Le populo remue dans la strass. Les consommateurs — tous des malfrats — regardent ce début de corrida d'un œil trouble. Je me demande s'il va y avoir de la bigorne...

— Vous avez un mandat d'amener? questionne Abel.

— C'en est trop.

— Le voilà, dis-je en lui plaçant un gauche très sec au foie.

Il se plie en deux, manquant d'air... Il voudrait riposter, mais je l'ai cueilli à la surprise, en lui livrant tout le pacson.

Quelques truands s'avancent, avec l'air de vouloir des explications.

— Bas les pattes, Azor, fais-je au premier de la série. J'ai à faire avec monsieur, mais si vous cherchez du suif, j'appelle à la garde et ça va être le grand emballage maison. Je vous promets qu'en sortant du trou vous pourrez vous tapisser d'étiquettes « Fragile ».

Ces honorables personnages n'insistent pas. J'aide alors Dubœuf à se relever et je l'entraîne jusqu'à ma charrette. Je le pousse à l'intérieur, je mets le cliquet de sûreté et je m'installe au volant.

Quand nous atterrissons douze minutes plus tard à la grande crèche, le gars Abel a récupéré. Il ressemble plutôt à Caïn, du moins à l'idée qu'on se fait de ce brave garçon : yeux fuyants, lippe mauvaise...

— Ce ne sont pas des procédés, rouscaille-t-il. Je suis en règle et je ferai valoir mes droits...

— On en parlera à tête reposée, comme disait le gnard qu'on emmenait à la guillotine.

— Très drôle, marmonne-t-il. Au juste, vous me voulez quoi ? J'ai jamais vu ça : un flic qui

ÇA TOURNE AU VINAIGRE 63

vous rentre dans le chou sans un mot alors qu'on a une conscience nette !

— Ta conscience, rectifié-je en le faisant sortir de la guinde, elle ressemble à des lavatories publics ! Allez, amène-toi...

— Vous m'arrêtez ?

— Comme qui dirait...

Il s'écrie :

— Ah oui ?

— Oui... Presse-toi, le temps me dure de t'avoir entre quatre murs...

Il se plante devant moi.

— Vous m'arrêtez sous quel motif ?

— Insultes et voies de faits sur la personne d'un commissaire spécial...

— Oh ! ce culot !

Comme nous sommes sous le porche des Établissements Bourreman, je lui octroie un coup de coude dans les côtelettes qui lui dévisse le tube respiratoire.

Il ne pipe plus mot jusqu'à mon burlingue. Bérurier, armé d'un petit réchaud à alcool, est occupé à se faire chauffer une andouillette dans la pièce voisine. Comme il a eu l'heureuse initiative de laisser ouverte la porte de communication, j'ai la réconfortante impression de m'installer dans les cuisines de l'hôtel *Pinchon*.

— Qu'est-ce qui t'arrive ? lancé-je à mon collègue, tu attends des invités ?

— Excuse-moi, fait-il, c'est l'heure de mon thé...

— Tu le prends à l'andouillette panée, ton thé ?

Bérurier abandonne son andouillette pour venir tailler une bavette dans l'encadrement.

— Je vais t'expliquer, fait-il, je fais un régime...

— Un régime ?

— Pour lutter contre l'embonpoint. Le toubib m'a conseillé de laisser tomber les gros repas et de grignoter plusieurs fois dans le courant de la journée...

— Et tu grignotes des andouillettes ?

— Oui, c'est léger et ça trompe la faim...

L'andouillette répandant une odeur de brûlé, il se précipite.

— Merde ! brame-t-il, la v'là qui me joue Calcination.

Je ferme la porte. Abel sourit.

— Je crois, dit-il, que le gros public se fait une idée erronée de la police.

— Pas toujours, protesté-je en lui plaquant une mandale sur la vitrine. Par exemple, figure-toi qu'il s'imagine qu'on chahute un peu les clients, le gros public...

Je lui file un coup de latte discret dans les chevilles, puis un ramponneau plein de réserve sur l'oreille droite.

— Alors, tu vois, ça concorde, sois heureux...

Dompté, il s'assied. Attiré par le bruit des coups comme un condor par l'odeur d'une charogne, Bérurier s'amène, brandissant son andouillette dégoulinante au bout d'une fourchette, style Neptune.

— Qu'est-ce y a ? demanda-t-il, la bouche graisseuse.

— Rien, je parlais avec monsieur.

Il avait d'abord pris Dubœuf pour un copain à moi, mais il revient en courant sur son erreur.

— Qui c'est, ce tordu ?

— Un monsieur qui s'occupe de boxe. Il joue à deviner l'issue d'un combat avant que celui-ci ait lieu !

Mon collègue comprend tout. Il murmure :

— Pas possible...

Afin d'avoir la liberté de ses mouvements, il dépose délicatement son andouillette sur l'annuaire du téléphone.

— C'est lui qui a rétamé Josephini ?

Alors je me mets à le traiter de sexe féminin avec ardeur, parce qu'avec sa grande gueule il vient de me démolir mon plan d'action comme Gabriello démolit un chapeau melon en s'asseyant dessus.

— Est-ce que je t'ai appelé, hé ! pain de régime ? Va bâfrer tes entrailles d'animaux dans ton gourbi !

Tout autre qu'Abel se réjouirait de voir régner la discorde dans les rangs de la poulaille. Mais l'aboiement de Bérurier l'a pétrifié. Je remarque son trouble. Je vois que ce sujet demande à être travaillé, vite et à la forcée.

Je l'ai poussé dans un fauteuil.

— Bon, fais-je, tandis que Bérurier, penaud, s'introduit l'andouillette dans le tube digestif, inutile de finasser, je vais droit au but. Je sais que tu avais payé le petit Ben Mohammed pour qu'il s'allonge devant Micoviak. T'avais goupillé ça avec Josephini son manager. L'Arbi n'a pas obéi, et en représailles tu as buté Josephini, histoire de faire un exemple dans les milieux de la boxe !

Il manque d'air...

— Ça alors ! Ça alors...

Je le regarde et ça se met à grincer dans ma pensarde. Je me dis que ce type-là a les jetons. Les vrais de vrais ! Après tout, le paveton que vient de balancer malencontreusement Bérurier est peut-être arrivé à bon port ?

Dubœuf sait quelque chose, j'en suis certain. Je vous parierais une bouteille de champagne contre une de Butagaz qu'il tremble pour sa peau.

Nous allons bien voir...

DEUXIÈME REPRISE

1

J'ôte ma veste, non pour sacrifier à la tradition du passage à tabac, mais parce qu'il règne dans le bureau une chaleur déprimante. On se croirait dans un jardin botanique ; mais au lieu de palétuvier rose, j'ai en face de moi un solide truand qui a les chocotes et auquel je vais devoir arracher un secret à la force du poignet (comme dirait un collégien).

Bérurier a achevé son andouillette. Ses lèvres ressemblent à deux limaces qui se seraient payé des vacances dans un pot de glycérine. Il les essuie d'un énergique revers de manche et s'approche du gars Abel.

Je fais claquer mes doigts.

— Dubœuf, dis-je, te voilà au milieu des vaches. Je te jure sur la vie de ta concierge que tu vas te mettre à table sans tarder, tu m'entends ?

Il avale avec peine une salive que je devine cotonneuse.

— Mais, monsieur le commissaire, bégaie-t-il,

servile comme un cireur de pompes sicilien, tout ça est effarant... Je n'ai rien à voir avec de telles histoires...

— Tu as connu Josephini ?

— Comme ça...

Bérurier, que son poing démange, intervient.

— Qu'est-ce que t'appelles « comme ça », fesse de rat ?

— On a bu le coup ensemble, des fois... C'était un bon copain...

— Un bon copain ! m'exclamé-je, et tu n'étais pas à son enterrement ?

— J'avais du boulot...

— Dans le bar ? Tu étais en train de jouer aux tarots quand on t'a alerté au fil. Il y avait trois peigne-culs de ton acabit qui t'attendaient à une table, j'ai l'œil...

— Mais...

— Tu as buté le gars Mario, c'est couru !

— Il n'a pas été tué, les journaux ont dit...

— Les journaux ont dit qu'il s'était suicidé, mais les journaux sont bourrés de bobards. C'est nous qui avons accrédité cette thèse, fais-je avec un aplomb tellement phénoménal que Bérurier en libère un formidable hoquet.

J'enchaîne :

— Mais notre enquête nous a prouvé que tu l'avais balancé par-dessus bord... Tu étais dans l'immeuble au moment de son décès !

Comme quoi il est bon de bluffer dans ce putain de métier.

Abel devient d'un joli bleu qu'un poète ou un général qualifierait « horizon ».

Souvent, dans notre job, il faut marcher au radar. On renifle, on lance des idées biscornues, et ensuite on s'arrange pour qu'elles deviennent vérité. C'est un curieux procédé, vraiment, que celui consistant à bâtir d'abord des conclusions et de chercher, ensuite, les indices qui y conduisent...

Cette fois, Dubœuf (braisé) me montre par tous les pores suintants de sa peau qu'il a un tracsir monumental. Il tripote son nœud de cramouille avec des halètements d'asphyxié.

— C'est pas vrai, marmonne-t-il, c'est pas vrai...

Bérurier m'interroge d'un regard acéré. Je lui fais un signe affirmatif. Alors il pousse un grand soupir de jubilation et retrousse ses manches.

Abel considère avec effroi les deux avant-bras musculeux et poilus ainsi découverts. Tout ce qu'il trouve à faire, c'est de secouer la tronche. Le voilà qui glapit d'une voix de tête affûtée par la trouille :

— Vous n'avez pas le droit ! Je ne suis pas en état d'arrestation. Je...

Béru le biche par les crins, comme pour assurer sa prise, puis il laisse tomber deux kilos de viande sur les joues blêmes d'Abel. Ce dernier a illico les yeux pleins de larmes. Des couleurs chatoyantes lui viennent au visage, tandis que s'y imprime en blanc la dextre de mon valeureux bouffeur d'andouillette.

— Cherche pas à nous feinter, conseille le Gros. Tu vas y laisser tes chailles, gars. D'autant plus que tu as une gueule qui n'appelle pas le baiser.

Il lui remet ça, histoire de brouiller ses empreintes initiales. Dubœuf porte la main à sa bouche et constate de visu que ses lèvres ont éclaté.

Bérurier commence à s'animer. Il lui faut toujours quelques baffes de mise en train, après ça va tout seul, la chaudière est à la température voulue.

Il soulève Abel par sa cravate, lui place un joli coup de genou dans les valseuses, puis un coup de boule dans le pif ; ceci afin de le mettre dans un état de réceptivité adéquate. L'autre retombe assis dans le fauteuil de bois. Béru lève son gros godillot, l'appuie contre la poitrine de Dubœuf et pousse. Le truqueur de matches valdingue, les quatre fers en l'air. Au lieu de l'aider à se relever, le brave Béru, bonne âme jusqu'au bout, lui refile quelques talonnades dans la région abdominale. Abel, maintenant, ressemble davantage à une tortue de mer échouée sur une plage qu'à la gravure de première page *d'Adam.* Il fait des efforts pour décrocher les wagons, because son foie a subi des avaries, mais il ne peut s'épancher.

Le front de Béru commence à s'emperler d'une sueur prolétarienne.

Moi, je me suis assis à mon burlingue et je lis les titres du journal du soir. Tout cela se déroule sans un mot. C'est déprimant pour le client ; pour nous aussi d'ailleurs.

Bérurier quitte la pièce et va chercher un kil de rouge dans son bureau. Cela fait partie de son thé. Il boit au goulot une rasade généreuse, puis revient près de moi.

Pendant ce temps, Dubœuf se relève en gémissant. Nous ne le regardons toujours pas. Il titube, s'agrippe à un classeur, puis il reste immobile à compter les chandelles qui doivent tourniquer sous sa rotonde.

— Tu peux t'asseoir, dis-je gentiment. Fais comme chez toi, on est entre amis...

In petto, comme dirait un polyglotte, je songe que nos manières sont un peu cavalières. Je me dis aussi que si Abel avait le nez propre, il pourrait porter le pet et nous faire avoir de l'avancement chez les écrevisses. Seulement voilà, il ne l'a sûrement pas. Pour se laisser bourrer les naseaux de cette façon, il faut qu'il en ait un paquet gros comme le château de Versailles sur la conscience.

Je plie le baveux et m'étire.

— Alors, Abel, qu'est-ce qu'on disait ? Je m'en souviens déjà plus.

Ses yeux sont ternes, un filet de sang coule de sa lèvre inférieure comme dans les bagarres du cinématographe.

— Il n'a pas l'air en forme ? je demande à Bérurier.

Le Gros masse ses poings.

— Qu'est-ce que tu veux, il y a des jours où on n'est pas dans son assiette.

Il va redresser le fauteuil.

— Asseyez-vous, mon bon monsieur, invite-t-il en le chopant par le collet.

D'une détente, il le catapulte sur le siège. Abel s'y affaisse avec un sourd ahanement.

— Voyons, lui dis-je, tu ne crois pas plus sage de te confier à ton bon petit camarade ? Tu accoucherais sans douleur, ce serait aussi bien, d'autant plus que le pape est d'accord.

Il est hébété. Il ne s'attendait pas à une telle dérouillée. Pour lui, tout s'est passé trop vite, il n'a pas eu le temps de peser le pour et le contre et ça n'est pas avec sa patate cabossée qu'il peut statuer efficacement sur la situation.

— Vois-tu, Abel, l'attaqué-je, si tu t'allonges simplement, sans faire de théâtre, tu t'en tireras avec le minimum. Ça va chercher vingt piges de travaux. Avec les remises pour bonne conduite, les finasseries d'un bon menteur et les amnisties, d'ici sept ans tu seras rendu à la vie civile... Tu pourras encore te faire une existence pépère...

— J'ai rien fait, dit-il. Rien...

— Un geste malheureux, voilà tout... Tu étais chez Josephini pour discuter. Vous ne vous êtes pas entendus. Il y a eu bagarre... Alors qu'il se trouvait devant la croisée tu l'as chopé par les chevilles, il a perdu l'équilibre et voilà tout !

Les yeux de Dubœuf (gros sel) s'exorbitent.

— Non !

— Quelqu'un t'a aperçu dans l'escalier... Quelqu'un qui t'a formellement reconnu d'après des photos... Quelqu'un qui témoignera... Sois prudent, sans quoi la préméditation pourrait être établie et, avec ton pedigree, tu risques d'aller éterniser dans le son un matin...

Il se lève à demi. Béru, attentif, le rive d'une poigne de fer à son fauteuil.

— Écoutez, m'sieur le commissaire.

— Mais je ne fais que ça, voyons !

— C'est pas moi qui l'ai tué...

Le sang bat à mes tempes. Nous approchons d'un instant crucial, Bérurier lui-même se retient de cogner.

— Qui alors ?

— Je ne sais pas, je ne sais...

A bout de nerfs, Dubœuf éclate en sanglots. Il n'est pas pitoyable du tout, plutôt grotesque...

— *Quand je suis arrivé chez lui, il était déjà mort,* hoquette-t-il.

2

Je ne sais pas ce qu'a pu éprouver le gnace qui a vaincu l'Anapurna en mettant le pied sur le sommet tant convoité, mais je pense que j'éprouve un sentiment analogue. La plus belle joie que peut éprouver un homme, c'est le triomphe. Je me dis que jamais je n'ai remporté une aussi belle victoire. Non, jamais ! C'est un peu comme si je m'étais obstiné à pêcher dans la cuvette de mon lavabo et que j'en sorte soudain une truite d'une livre. Je suis parti de rien, à propos de rien, simplement parce qu'au tréfonds de mon instinct une petite voix murmurait :

— San-Antonio, y a du louche là-dessous !

Et, fonçant tête baissée dans cet écheveau incohérent, culbutant les obstacles, faisant fi des lois les plus élémentaires, je suis arrivé à mes fins, c'est-à-dire à la découverte d'un meurtre. Bérurier me considère d'un œil embué par l'émotion. Je lis l'admiration, sur sa face bouchée à l'émeri, comme sur une affiche électorale.

ÇA TOURNE AU VINAIGRE 75

Et le docte Soupin, dans son commissariat du sixième arrondissement, qui m'envoyait au bain... Suicide ? Tu parles !

Je me lève et m'approche de Dubœuf. Je pose mon soubassement sur le bureau et je choisis ma voix la plus clémente :

— Je crois que nous y sommes, hein, Abel ? fais-je.

Bérurier croit utile de se manifester :

— Je dirais mieux, fait-il, c'est ici que les Athéniens s'atteignirent.

Heureux de cette nouveauté, il ricane, façon Méphisto.

Dubœuf essuie ses larmes avec sa fine pochette de soie.

— Je vais tout vous dire, attaque-t-il courageusement, comme un homme qui vient de prendre une décision pénible et qui conjugue ses forces pour aller jusqu'au bout.

— Bravo, tu deviens raisonnable en vieillissant !

— Seulement, proteste-t-il, il faudra me croire...

Cette recommandation est si puérile que je souris. Pourtant, comme il ne faut pas décourager les bonnes volontés, je joue le jeu :

— Y a pas de raisons pour qu'on ne croie pas un homme disant la vérité, mon petit Abel, dis-je sentencieusement. Vas-y calmement, on t'écoute avec des oreilles larges comme des couvercles de lessiveuse.

Il passe une langue sèche sur ses lèvres boursouflées par les gnons.

— Voilà, dit-il, dans ma partie, on bricole comme on peut, vous savez ce que c'est... De nos jours, le Milieu n'est plus le vrai Milieu... Il y a quelques gros caïds en place derrière des bureaux, et puis c'est tout, le reste végète... Pourtant, c'est plein de petits gars intéressants qui mériteraient qu'on s'occupe d'eux...

Le voilà parti pour une conférence. Faudrait peut-être lui offrir une carafe de baille ?

Bérurier, que cette tartine impatiente, lui frappe sur l'épaule.

— T'écriras tout ça dans *Paris-Match*, mon petit gars, lui susurre-t-il. Arrive aux faits...

— Bon, tranche Dubœuf (sur la langue), donc on se débrouille comme on peut. Moi, je m'étais mis en cheville avec des books pour la boxe. J'avais idée de truquer de temps en temps quelques rencontres, histoire de se remplumer ; c'était pas méchant et ça se fait couramment aux États. Seulement, en France, les managers sont honnêtes... On m'a indiqué Josephini parce qu'avec lui il y avait peut-être mèche de s'entendre : il aimait tellement le fric ! Et, en effet, on s'est entendu. On a maquillé deux ou trois matches, comme ça, gentiment... L'autre soir, le petit Arabe a eu ses vapeurs à la suite d'un coup douloureux. Au lieu de s'écrouler dans la résine, il y a expédié l'autre. Le coup était vachard pour nous, car ça nous faisait perdre une brique, mais enfin, ça ne justifiait pas la mort d'un homme, vous êtes d'accord, surtout pas celle du manager, d'autant plus qu'il était le premier emmouscaillé, ayant mis un fort bouquet sur l'adversaire.

Ce qu'il énonce là, d'un ton passionné, je l'ai déjà pensé. Il ne fait que mettre le doigt sur des vérités antérieurement homologuées, ce brave type. Mais lui est parfaitement qualifié pour poursuivre le raisonnement beaucoup plus loin.

— Après ?

— On a sermonné le poulain de Mario... Et voilà tout... Ça ne méritait pas plus...

— Vas-y, je te suis pas à pas !

— Bref, on a écrasé ce coup foireux en mijotant un autre plus important avec Josephini. C'est comme ça qu'on doit faire dans la vie, vous ne pensez pas ?

— Si, dans un certain sens.

— Mario m'avait filé la ranque pour le soir, lundi, dans la nuit...

— Une heure du matin ! murmuré-je, c'est une drôle d'heure pour les rendez-vous d'affaires...

Dubœuf s'est repris. Maintenant, il jacte carrément, d'une voix normale. Comme le client ayant vérifié que son pharmacien est bien titulaire d'un diplôme de première classe avant de lui acheter de l'aspirine : il a confiance. Dans notre turbin, ça se passe toujours comme ça : les truands se font tirer l'oreille (et aussi des pains sur la gueule) et puis, ils commencent à se raconter et, comme un confident est ce qui émeut le plus un homme, ils se prennent d'amitié pour leur tourmenteur. Vous devenez brusquement l'être le plus près de leur cœur. Ils vous chérissent, vous prennent à témoin, s'accrochent à vous. Pauvre humanité ! Plus je la fréquente, plus je la comprends, et plus elle me fait pitié.

Nous sommes tous un ramassis de pauvres tronches perdues dans un flot saumâtre. On se cherche des rognes, on se snobe, on se fait des galoups, on crâne, on règne, on éclabousse et tout ce qu'on peut s'expédier à la frite, ce sont les mêmes débris lamentables. Les hommes, quels qu'ils soient, ne peuvent se battre qu'à coups de crachats car c'est la seule chose qu'ils sécrètent vraiment. Heureusement qu'ils ont l'amour pour se racheter un brin, sans quoi y aurait de quoi se faire du mouron.

Un peu nostalgique, votre San-Antonio, pas vrai ? Mais quoi, nous avons tous nos périodes dépressives. Et puis, comme dirait notre femme de ménage : je pense, donc j'essuie !

— Oui, renchérit Bérurier qui, lorsque l'inspiration lui manque, joue l'écho de service à la perfection, 1 heure du matin, c'est pas une heure de parler d'affaires...

— J'étais pas libre avant, rétorque Dubœuf (en

daube). Et il fallait qu'on se voie, because il y avait le championnat national des mouches à Wagram, le lendemain...

— Bon, tranché-je, *after ?*

— Eh bien, je suis monté chez Josephini... J'ai sonné à sa lourde, personne n'a répondu... Pourtant la porte n'était pas fermée complètement et de la lumière filtrait par l'entrebâillement. Je l'ai ouverte d'une poussée... J'ai traversé le vestibule et je suis entré là où il y avait de la lumière, c'est-à-dire dans sa chambre. Oh ! nom de foutre ! ça m'a flanqué une commotion ! Il était là, allongé sur sa descente de lit, le dessus du crâne défoncé avec un énorme coupe-papier en fer forgé. L'instrument était tout sanglant par terre.

Il plisse les yeux et évoque le spectacle d'un air écœuré. Ce qu'il bonnit n'est peut-être qu'une histoire, en tout cas il la raconte bien !

Bérurier cure une parcelle d'andouillette dans une de ses nombreuses dents creuses. Chez lui, c'est un signe de tension extrême.

— Allez, continue, imploré-je.

— Je me suis penché sur Mario... Pas d'erreur, il est canné... Et ça datait de tout de suite car le sang coulait encore de sa blessure. Mon premier mouvement a été de les mettre, vous pensez bien...

Oui, je pense bien... Quand un zouave comme Abel trouve le cadavre d'un de ses copains, il doit avoir une fameuse envie d'être ailleurs...

— Ne t'interromps pas, mon petit pote, nous sommes tout ouïe !

Le duraille reste à dire ; il cherche les mots les plus arrondis aux angles.

— Arrivé à la porte, fait-il, je me suis repris. J'ai pensé que l'assassinat de Mario, ça allait faire un drôle de cri dans Paris. Les pou... la police (ouf ! il a eu chaud), allaient se remuer, questionner les amis et relations du manager... Bref, je serais du lot... Si jamais on apprenait que j'étais là presque à l'heure du meurtre, je serais bon pour les assiettes... C'était logique et inévitable : en affure avec cégnace, pas d'alibi, un casier judiciaire chargé comme un train de marchandises, vous pensez : c'était couru d'avance !

Il clape de la menteuse. Il est à court de salive et les paroles ne passent plus.

— Donne à boire à ce pauvre blessé, fais-je à Béru qui vient de s'extraire des chailles de quoi alimenter un canard pendant huit mois.

Le Gros court chercher son litron. Abel pompe un grand coup de picrate. Cela paraît lui remonter le moral. D'autre part, notre attitude attentive et approbatrice lui inspire confiance. Il se dit que nous avons l'air de bien piger la soudure et que c'est du nanan un auditoire pareil. Il enchaîne donc :

— Je me suis dit qu'il vaudrait mieux pour mes plumes camoufler le crime en suicide. Ça devait être possible en filant Mario par la fenêtre, tête première... Il se pulvériserait la lanterne et le légiste l'aurait dans le sac pour reconnaître le premier coup de perlimpinpin... J'ai chopé Mario par les épaules en prenant bien soin que son raisin ne dégouline pas sur le parquet, puis je l'ai mis sur la fenêtre et l'ai fait basculer.

« Seulement, en agissant de la sorte, je venais de faire une drôle de connerie car un zig qui culbute d'un troisième fait un drôle de barouf en atterrissant... Ç'a été tout de suite le gros remue-ménage, en bas... Et moi fallait que j'évacue le coupe-papelard et la descente de lit tachée de sang, sinon ça ne rimait à rien... J'ai roulé la descente de lit et je l'ai prise sous le bras. Puis j'ai couru à la porte, mais c'était trop tard, il y avait des cris, des bruits de pas dans l'escalier ; si je sortais j'étais flambé.

« J'ai mis le verrou et j'ai cavalé dans tout l'appartement pour chercher une autre issue : il n'y en avait pas... Les fenêtres donnaient toutes sur la rue et y avait du monde au balcon, partout, je vous le garantis...

« Déjà, on carillonnait à la porte de l'appartement... Oh ! cette pétoche ! Je n'ai jamais eu la pareille de toute ma garcerie de vie ! Quoi faire ? J'étais pris au piège ! Et cette fois, y avait pas la moindre chance pour que je m'en tire, vous comprenez ? »

Je regarde Abel et je ne peux m'empêcher de le croire. Toujours mon vieux pifomètre qui fonctionne avant ma raison... Ce type est de toute évidence une ordure, il est lâche, menteur, bon à tout, et pourtant, je sens que c'est la vérité qui sort de sa bouche faisandée. La vérité avec le grand V que compose M. Churchill avec ses francforts. Une histoire pareille, il faut qu'il l'ait vécue, car il n'aurait pu l'inventer. Il la revit en la racontant et ses narines se pincent, ses yeux se cernent... Il a rétrospectivement les grelots. Une vraie troïka !

— Tu parles d'un coup fourré, grommelle Bérurier...

Il donne une bourrade presque amicale à Dubœuf (sur le toit).

— Et alors, mec, qu'est-ce que t'as branlé ?

— Dans la salle de bains il y avait une grande penderie avec toutes les fringues de Josephini... Je me suis collé dedans et j'ai tiré le rideau en matière plastique qui la fermait. Heureusement, elle est profonde, j'ai pu m'accroupir derrière les costards pendus ! J'ai attendu... Des gens, la police, je crois, ont enfoncé la porte... Ils se sont répandus dans l'appartement, ont fouinassé un peu partout. Y en a même un qui a tiré le rideau de la penderie : j'ai cru crever de trouille ! Mais il s'est contenté d'un coup d'œil superficiel et ne m'a pas vu...

« Je suis resté accroupi des heures, là-dedans... Et puis j'en suis sorti... L'immeuble était silencieux... Ils avaient rajusté la porte, tant bien que mal, mais ç'a été une rigolade de l'ouvrir...

« On avait embarqué Mario à la morgue... Moi, j'ai mis les bâtons en vitesse, la descente de lit sous le bras, avec le coupe-papier... »

Il pousse un soupir.

— Voilà, conclut-il, exténué... C'est tout...

Le silence qui succède est si déprimant que Bérurier toussote pour le rompre. Et quand Bérurier toussote, on a l'impression qu'une famille de mammouths s'est enrhumée. Ce bruitage préhistorique rompt le sortilège. Abel nous regarde alternativement d'un œil éperdu.

— Vous me croyez, hein ? demande-t-il d'une voix brisée.

Je hausse les épaules.

— Je te croirai lorsqu'on aura arrêté l'assassin, jusque-là je ne peux que t'accorder le bénéfice du doute...

— Mais ça n'est pas possible ! J'ai dit la vérité : je vous le jure sur la tête de ma mère !

Je le considère avec curiosité. C'est pourtant vrai qu'il a une mère... Que nous en avons tous une ! N'est-ce pas là, dans ce fait si indiscutable, que les hommes pourraient puiser la preuve de leur similitude ?

— Écoute, Abel, fais-je, je ne devrais pas te le dire car tu m'as peut-être raconté des conneries, mais je suis assez enclin à croire ton histoire... Seulement, tu penses bien qu'un jury ne mordra sûrement pas d'aussi bon appétit dans cette tarte aux fraises. Pour te sauver la mise, il faut que je mette la paluche sur l'assassin. Alors aide-moi...

Il est fervent comme un miraculé de Lourdes.

— De toutes mes forces, m'sieur le commissaire !

— Qu'as-tu fait de la descente de lit et du coupe-papier ?

— Je les ai balancés à la Seine...

— D'où ?

— Des berges du parking, près de la Chambre...

Je prends note.

— Bon... Maintenant, parle-moi des relations de Josephini. Qui voyait-il fréquemment ?

— Je ne sais pas. Moi, je ne le fréquentais pour ainsi dire pas... On avait notre petite combine, voilà tout...

— Tu n'as jamais vu une pépée avec lui ? Une belle blonde avec de la fourrure blanche, par exemple ?

— Non, jamais...

Il est désespéré de ne rien savoir, ce pauvre trésor. Je me tourne vers Bérurier.

— J'ai à faire. Téléphone au juge d'instruction Moras pour un mandat d'amener et fais placer ce monsieur sous dépôt. Ensuite, va à la salle d'entraînement de Josephini et tâche d'avoir le maximum de tuyaux sur Mario. N'oublie pas non plus de faire draguer la berge de la Seine entre le pont de la Concorde et le pont Alexandre, il est peu probable qu'on trouve la descente de lit, mais le coupe-papier doit y être... Bon, je me casse...

J'enfile ma veste et je sonne le burlingue des inspecteurs.

— Pinaud est là ?
— Il vient d'arriver...
— Dites-lui qu'il descende jusqu'à ma voiture, j'ai besoin de lui.

Je raccroche et je me tourne vers Abel.

Il fait une sale bouille, je vous le promets.

— Ne te caille pas le sang, lui dis-je. Suppose que tu aies une vache infection... Moi, je vais essayer de dénicher des sulfamides.

Je lui crache encore, avant de sortir :

— Tu as une drôle de conception du tout-à-l'égout, toi !

3

Pinaud est déjà devant ma voiture lorsque je sors des locaux.

Le col de son pardingue est relevé, le bord de son chapeau de feutre, au contraire, est très bas, si bien qu'on ne distingue de son physique de théâtre que sa petite moustache ratée et son nez pointu, décoré d'une petite tache rose due aux alcools variés qu'il ingurgite.

— Eh bien ! s'exclame-t-il. Où étais-tu passé à la fin de l'enterrement ? J'ai cru que tu allais revenir et je t'ai attendu une heure devant le Père-Lachaise...

— Pendant que tu étais là-bas, tu aurais fait preuve d'initiative en te faisant enterrer, lui dis-je. Comme cela ne saurait tarder, tu aurais, ce faisant, épargné des tracas à ta famille...

Il se précipite sur une allumette consumée et la tripote afin de conjurer le mauvais sort.

— Ça ne se dit pas, des choses pareilles ! frémit

le brave Pinuche. Comment oses-tu proférer de telles paroles !

Je lui administre une bourrade, ce qui vaut mieux que lui administrer les derniers sacrements.

Il ploie le genou sous le choc.

— Je plaisante, tu n'en doutes pas, espèce de vieux rat sale ?

— On ne plaisante pas avec la mort, San-Antonio, c'est un sujet trop grave !

— C'est une réminiscence de ta vie théâtrale sans doute, ricané-je, réplique de la page 113 de *Mon nu sur la commode...*

Mais il a son air piteux et pitoyable des mauvais jours.

— Tu te doutes bien que si tu cannais, j'irais me flanquer un coup de pétard sur ta tombe, comme le général Boulanger... Je ne conçois pas la vie sans toi, Pinaud !

Il prend place dans ma tire et rêvasse :

— Il a fait ça, le général Boulanger ?

— Tes connaissances historiques sont limitées à ce point ?

— C'est rare qu'un général meure d'un coup de feu, conclut-il.

Je suis frappé par cette remarque profonde.

— Oui, conviens-je, c'est rare, ils meurent plutôt dans leur lit ou bien s'ils meurent par balles, c'est contre un mur...

On stoppe dans les considérations philosophiques, because elles nous mèneraient trop loin.

— Tout le monde ne peut pas canner dans son lit, conclut Pinuche.

— Tu penses à ton ex-beau-frère, je parie ?

— Oui... On s'est connus jeunes... Je vais te dire, ça n'était pas un garçon très intéressant, mais il me rappelle la bonne époque. En ce temps-là, je ne portais que des nœuds papillons bleus, à pois, et j'avais quatorze paires de chaussures à la maison... Mes parents...

— Je sais, ils étaient bottiers... Écoute, Pinocchio, je t'ai fait venir au sujet de ton beau-frère...

Il me regarde avec surprise, puis, avec des gestes maladroits, il rallume le pauvre mégot jaunâtre qui pend sous sa moustache.

— Que veux-tu dire ?

— Que son suicide n'en est pas un. J'ai arrêté le mec qui l'a foutu par la fenêtre...

— Pas possible !

— Si. Seulement ce type-là n'est peut-être pas non plus son assassin. Il affirme que ton beauf était canné au moment du plongeon. Il paraît qu'on l'avait rétamé d'un coup de coupe-papier en fer forgé...

— Pas possible !

— T'as le leitmotiv sur mesure, dis-je.

— Qui l'aurait assommé ?

— C'est ce que nous devrions essayer de découvrir... Ça n'est pas de votre ressort, comme disait un fabricant de sommiers, mais personne ne peut nous empêcher de mener une petite enquête pour notre compte, hein ? Ce type, il était un peu de la famille, alors...

Pinaud récupère lentement... Son mégot n'est plus qu'un point incandescent qui fait grésiller sa moustache.

— Un coupe-papier en fer forgé, murmure-t-il, je vois de quoi il retourne : c'était la tante Adèle qui le leur avait offert pour leur mariage... Une belle pièce, vraiment !

— La tante Adèle ? hasardé-je, voulant me lancer dans l'astuce façon de Bérurier.

— Non, ce coupe-papier... Il devait peser plus d'un kilo... Le manche représentait un naja et la lame était large et plate...

— Bref, ça n'offrait aucune utilité pour décacheter une lettre, mais c'était idéal pour écraser la coiffe d'un gars ?

— C'est vrai...

— Tu n'as jamais entendu parler de sa vie privée, au Mario, depuis le divorce de ta belle-sœur ?

— Pratiquement non...

— Une belle blonde en fourrures blanches, ça te dit quelque chose ?

Il réfléchit.

— Marlène Dietrich ? propose-t-il sérieusement.

— Pinaud, murmuré-je, quand on t'écoute, on

se demande où dérive l'humanité. Tu n'es qu'un fœtus développé et si on avait la curiosité — malsaine — de te trépaner, on ne trouverait dans ta tête qu'un peu de coton hydrophile !

Il hausse les épaules.

— Toujours tes phrases qui ne veulent rien dire et qui ne sont que grossières. J'ai vingt ans de plus que toi, San-Antonio, tu l'oublies !

Il essaie de rallumer son mégot.

— Tu aurais intérêt à fumer carrément ta moustache, conseillé-je.

Il relève le col de son pardessus, lequel s'était rabaissé. Il s'isole. Mais comme chez lui l'envie de parler est plus impérieuse que la fâcherie, il demande bientôt :

— Où allons-nous ?
— Chez Josephini...
— Ah oui ?
— Oui... Ça te contriste ?
— Ça me fait quelque chose : les souvenirs... Mario, je vais te dire, c'était un type sans grand intérêt, mais nous avons été jeunes ensemble...
— Stoppe ! lancé-je, agacé, tu l'as déjà dit. Si tu viens me raconter tes nœuds papillons à pois bleus, je fais un malheur...

Nous arrivons devant « l'immeuble tragique » rue de l'Université. Une concierge moins haute

ÇA TOURNE AU VINAIGRE

que son manche à balai déplace des microbes sous son porche. Elle a un regard en vrille et des rides pleines de crasse. Elle sent la vieille concierge, ce qui est une odeur dûment homologuée par les spécialistes du sens olfactif.

Elle nous toise du bas de sa hauteur.

— Messieurs ?

— Bonjour, madame, fait courtoisement Pinaud.

— Vous désirez ?

Le Pinuchet des familles va pour lui raconter sa jeunesse avec Mario, mais je lui cisaille l'épithète au ras des baveuses.

— Police, nous montons, déclaré-je en produisant ma carte...

La vioque frémit.

— Je ne vous avais pas encore vu, affirme-t-elle.

— Eh bien ! vous ne pourrez plus en dire autant...

Nous nous engageons dans l'escalier. Elle nous trotte au der.

— Vous savez que le commissaire de police du quartier a fait poser un cadenas, parce que la porte avait été enfoncée ?

— Nous savons...

— Vous avez la clé ?

J'explose :

— Occupez-vous de votre poussière, ma brave dame et fichez-nous la paix.

Elle se cramponne à la rampe.

— En voilà des manières !

Son petit regard vipérien est dardé sur nous, tandis que nous montons. Pinaud est tout contrit.

— Tu n'aurais pas dû l'envoyer bouler, murmure-t-il, c'est une personne d'un âge et...

Sautant de l'ânesse au coq, il demande :

— C'est vrai que tu as la clé ?

— J'ai sur moi la clé de toutes les serrures, lui dis-je, tu le sais bien.

— Ah ! Ton sésame ?

— Oui...

Nous voici au troisième. Il n'y a qu'un appartement par étage. Une porte disloquée, remise tant bien que mal sur ses gonds et fermée par un gros cadenas nous apprend que c'est bien là.

— Mais, il y a les scellés ! fait Pinaud en désignant des cachets de cire.

— Qu'à cela ne tienne !

Je fais sauter ce barrage symbolique avec la pointe de mon canif.

— Ça n'est pas très légal, chevrote mon compagnon. Soupin pourrait porter le pet et nous faire avoir sur les doigts !

J'éclate d'un rire homérique.

— Soupin ! Il se tiendra peinard, fais-moi confiance, et il y a même des chances pour qu'il aille se cacher sous une meule de foin lorsqu'il apprendra qu'il y a eu crime et qu'un truand se tenait planqué dans l'appartement pendant ses investigations.

Ce disant, je fourrage dans le cadenas et celui-ci pousse le dernier soupir.

Nous poussons la porte et entrons dans l'appartement de feu Mario Josephini. Pinaud écrase une larme rétrospective.

— Ne sombre pas dans la glycérine, lui fais-je, mettons-nous plutôt au turbin.

TROISIÈME REPRISE

1

L'appartement est vieux, classique, sale et d'un confort modeste. J'ignore si Mario enfouillait beaucoup d'artiche, mais dans ce cas il ne le collait pas sur ses murs, car le papelard de la tapisserie date d'un siècle indéterminé et lointain. Tout est passé, pisseux et triste... Ça renifle le renfermé, l'homme seul, l'avarice...

— Il n'avait pas des goûts de luxe, ton ex-beauf, noté-je.

Pinaud s'arrête devant chaque meuble en reniflant les remugles de la belle époque (dite, pour lui : nœuds papillons). Moi, plus direct, je les inventorie... Je déniche le bric-à-brac habituel d'un appartement. C'est sans intérêt ; aussi n'accordé-je à ces babioles qu'un coup d'œil sommaire. Je « fais » la salle à manger-salon. Pièce attendrissante par son rococo, ses plantes vertes jaunies, ses cache-pots de cuivre, ses vieux napperons brodés, bouffés aux mites. Les meubles sont auréolés de taches de vin ; le parquet n'a pas été ciré depuis le divorce de Mario, et la poussière agglomérée a rendu les vitres de la croisée à peu près opaques. Je passe ensuite dans la chambre à coucher. Il faut vraiment que Soupin ait eu de la peau de sauciflard dans les carreaux pour ne pas comprendre qu'il s'est passé céans des choses pas catholiques.

D'abord l'absence de la descente de lit met sur le parquet un grand rectangle brillant, ensuite, il est aisé de trouver des taches brunes dans la poussière. Je suppose que, la nuit du meurtre, ces taches devaient être rouges. Oui, décidément, ce docte Soupin aurait eu intérêt à s'engager dans la Légion étrangère plutôt que dans la police.

Pinaud est sur mes talons. Il me désigne le lit capitonné, dont le satin troué bave son crin sans retenue.

— Cette chambre, fait-il, c'était l'oncle Girard qui la leur avait offerte. Il était riche à l'époque : grosse propriété en Algérie...

Je lui fais signe de la boucler. Sa voix monocorde m'empêche de gamberger convenablement. Et je sens que la solution du problème se trouve dans cette pièce. C'est ici qu'on a buté Mario... Pourquoi ?

Le meurtre n'était pas prémédité puisqu'il a été tué avec un objet se trouvant chez lui... Donc, son interlocuteur et lui se sont attrapés au cours d'une discussion. Le premier a cramponné ce qui lui tombait sous la pogne, c'est-à-dire le fameux coupe-papier de la tante Adèle. Il a fracassé le dôme de Mario et s'est taillé...

Il était tellement pressé qu'il n'a pas même fermé la porte...

Pourquoi se sont-ils pris de bec, les deux zouaves ? *That is the question...*

Je me gondole en songeant à la tête qu'a dû faire le meurtrier, le lendemain, en apprenant que Josephini était tombé de sa fenêtre. Il a dû ne rien piger à la chose... Ou bien il s'est dit que sa victime n'était pas morte, qu'elle s'était redressée après son départ, avait gagné la fenêtre pour appeler au secours, et avait basculé...

Je m'agenouille au bord du lit et j'examine attentivement le dessus du pieu. Je découvre quelques poils blancs, longs et souples.

Je les place dans mon porte-cartes aux fins d'expertise. Pinaud, lui, a disparu. Il fouinasse dans la cuisine. Soudain, il s'exclame :

— Il lui en reste encore !
— De quoi ? m'informé-je.
— De la Bénédictine 1860. Le cousin Émile leur en avait donné trois bouteilles. Mario y tenait comme à la prunelle de ses yeux... Il n'en buvait que dans les jours fastes et il n'en offrait pour ainsi dire pas.

Avec dévotion, il considère le fond de bouteille.

— On va y goûter, décide-t-il.

Tandis qu'il cherche des verres dans le buffet, je zyeute l'évier encombré de vaisselle sale. Il y a, par-dessus l'édifice, deux petits verres à liqueur. Je les renifle, tous deux fleurent la Bénédictine.

— La boutanche était sur la table ? je demande à Pinuche.

— Oui...

J'examine les verres. L'un deux porte des traces de rouge à lèvres. Un rouge plutôt mauve, du reste. Ces traces et les quelques poils de fourrure m'introduisent à penser (comme dirait Bérurier) que Mario a reçu ici une poupée peu de temps avant sa mort.

La fille blonde dont m'a parlé le petit champion ? Probablement. Le rouge à lèvres est un rouge de blonde et les poils de la fourrure sont blancs.

Nous éclusons le restant de la Bénédictine. Je n'ai pas un amour démesuré pour les liqueurs, mais je dois reconnaître que celle-ci était de *First quality.* Je comprends que Josephini en ait été avare. Cela m'amène à conclure que la gonzesse avec laquelle il a lichetrogné un godet était dans ses faveurs. Peut-être qu'il se l'embourbait ?

Nous poursuivons notre perquise en règle. Dans un tiroir de la commode, située dans le couloir, je déniche un passeport au nom de Mario Josephini. Il est constellé de visas. J'examine le truc en détail et je constate que le manager a fait de fréquents voyages à l'étranger, ce qui est normal pour un garçon possédant une importante écurie de boxeurs. Il se rendait beaucoup en

Angleterre, Italie, Belgique et Allemagne... Le mois précédent, si je m'en réfère à son passeport, il est allé en Afrique du Sud, au Cap, très exactement. Je crois, en effet, me rappeler qu'il y a eu une grande rencontre internationale de poids légers. Un gars de Josephini, le Français Beppo Seruti allait challenger le Sud-Africain Durran. Je remets le document à sa place. Mario a eu une sale mort, mais il menait une belle vie. Il s'offrait des baths croisières aux frais de ses casseurs de mâchoires. Ses poulains encaissaient les gnons et lui l'artiche, juste répartition.

— Tu as trouvé quelque chose ? demande Pinaud.

— Rien que nous ne sachions déjà...

Je continue de farfouiller, déçu de ne pas dégauchir d'indices bien soi-soi.

— J'aimerais savoir le blaze et l'adresse de la souris blonde qu'il frayait, ton beauf, Pinaud... Tu ne pourrais pas aller dénoyauter la pipelette ? En qualité d'ancien acteur, tu dois avoir des affinités avec une dame du corps de balai...

— Très fin ! grommelle-t-il en se dirigeant vers la porte.

Avant de sortir, il écrase une nouvelle larme devant une statue de plâtre représentant une dame fringuée 1900 et vautrée sur un canapé avec l'air languide de quelqu'un qui réclame son Stérogyl-15.

ÇA TOURNE AU VINAIGRE   99

— La cousine Irma qui l'a offert, celui-ci ? je lance à mon collègue.

Il secoue sa bouille navrante.

— Non, hoquette-t-il, c'est moi.

Lorsque la vieille cloche est barrée, je me sens plus à mon aise. Pour bien gamberger, rien ne vaut la solitude. Voyons, ce soir-là, Mario avait rancart avec Abel (si je me fie aux dires de ce dernier, mais je n'ai rien de mieux à faire pour l'instant).

Donc il l'attendait à une heure industrielle pour parler affure. L'autre visite qu'il a reçue (et qui lui a coûté la vie) n'était certainement pas prévue au programme ; mais il s'agissait de quelqu'un de familier puisqu'il l'a reçu dans sa chambre. De quelqu'un avec qui il ne se gênait pas, puisqu'il l'a emmené boire un glass à la cuisine. Et enfin de quelqu'un qu'il aimait ou pour qui il avait du sentiment puisque, bien qu'étant pingre, il lui a offert de sa chère Bénédictine... Ce quelqu'un était une femme.

J'essaie de piger le topo. Elle se pointe chez Mario à l'improviste, le fait paraît certain. Pourquoi ? parce qu'elle devait avoir besoin de lui... Pour faire l'amour ? Je ne pense pas, c'était pas Casanova, le manager... Sa photo prouverait même qu'il avait plus d'affinités avec King-Kong qu'avec James Steward... La dame venait lui demander autre chose... Peut-être du fric ? Oui, je pencherais pour ça : du blé. Il l'a d'abord reçue gentiment, comme si cette visite était une aubaine inespérée. Puis ils ont passé dans la chambre, la dame s'est assise sur le lit. Mario s'est peut-être même fait reluire ? La dame a demandé ce qu'elle était venue chercher... Il a refusé, ça s'est gâté, elle a chipé le coupe-papier et l'a abattu sur le crâne de Josephini qui est parti directement chez saint Pierre... Alors la dame a biché les jetons et s'est cassée tandis que Dubœuf s'annonçait, tout plan-plan.

Voilà une version du drame qui me paraît plausible, ce qui est déjà bien pour une hypothèse. Il peut y avoir des variantes à l'histoire, mais en gros elle approche certainement de la vérité.

Ce que j'aimerais bien savoir, c'est si la bergère voulait de l'auber. Dans ce cas, elle pourrait en avoir fauché, non ? C'est surprenant que ce vieux grigou n'ait pas un magot chez lui. Les radins aiment bien pioncer sur des jaunets, ça leur file des ondes bénéfiques dans la moelle épinière.

Je soulève le matelas : peau de balle ! Rien non plus sous le lit si ce n'est une poussière abondante. Je palpe le capitonnage du paddock : en vain... Je soulève les quelques gravures et chromos ornant les murs et qui, eux, ont été offerts, non pas par l'oncle Modeste ou la cousine Berthe, mais de façon générale par le chocolat Pupier... Je tombe sur une petite porte de coffre très classique. Vous savez ? Ce genre de niche murale que l'on masque avec un calendrier chez les conseillers fiscaux, et avec une reproduction de Millet dans la haute bourgeoisie.

La porte blindée est fermaga, mais, vous ne l'ignorez plus parce que vous le savez depuis que je vous l'ai révélé (comme dit Chose), pour moi, aucune serrure n'a pas plus de mystère qu'une main de fer dans une culotte de zouave en velours côtelé. Le temps de lire le bulletin météorologique dans votre baveux habituel, et la porte s'ouvre démasquant une ouverture carrée. A l'intérieur, il y a l'habituel petit sac de toile contenant une centaine de louis d'or, qu'on trouve chez tous les Français moyens, et une centaine de mille francs. C'est tout. Ceci, bien entendu, ne représente pas la fortune de Josephini, mais plutôt son hochet. La nuit, quand l'insomnie le tenaillait, au lieu de gober un cacheton sédatif, il devait caresser son jonc...

Pinuche réapparaît sur ces entrefaites.

Il bigle l'ouverture mise à jour.

— Tu as trouvé un trésor ? demande-t-il, l'œil gentiment cupide.

— Un trésor, c'est beaucoup dire, mettons un peu de vaisselle de fouille et n'en parlons plus !

— Fais voir...

Il palpe les louis.

— J'aime bien l'or, fait-il. A la maison, nous avons dix Napoléons. Je ne sais pas si c'est un bon placement, ils baissent !

— Ce ne sont que des Bonaparte, fais-je, laisse-les vieillir...

Je remets le tout en place.

— A propos, bonhomme, c'est la frangine de ta moukère qui hérite ?

— Je ne sais pas, soupire Pinaud. Depuis le temps, il a dû faire son testament, tu parles, ils étaient complètement séparés de corps et de biens et n'avaient plus rien de commun.

— Suppose qu'elle se sache l'héritière de Mario et que ça soit elle qui l'ait refroidi ?

Ma suggestion le sidère.

— Tu débloques ! On voit que tu ne connais pas Marthe ! La douceur même, pas du tout comme ma femme !

Je tranche :

— Tu as parlé à la concierge ?

— Oui...

— Bon, accouche...

— Mario grimpait les roulures du quartier. Toutes les paumées qu'on trouve dans les bars de Saint-Germain y passaient... Mais il les montait chez elles ou en hôtel, il était jaloux de son appartement.

Pinaud fouille les vagues de son pardingue râpé. Il finit par dégauchir un mégot jaune qui ressemble à un cadavre d'insecte Il se l'introduit sous la moustache et allume la brindille de tabac qui subsiste.

— Prends ton temps, fais-je.

Il bat des paupières.

— Tu es toujours sur les nerfs, toi. C'est très mauvais.

Je me retiens de l'invectiver, ne voulant pas retarder davantage son exposé. Car je sais qu'il a autre chose à dire...

— Une seule poule est montée ici, dit-il. Une blonde superbe... Elle est venue avec lui en auto, le mois dernier... Et elle est revenue le jour de sa mort, dans l'après-midi...

Je sursaute...

— Avec des fourrures blanches ?

— Oui, c'est ça... Mario n'y était pas, la concierge lui a conseillé d'aller à sa salle d'entraînement, à Grenelle ; elle lui a donné l'adresse...

— Et...

— Quoi ?

Je hausse les épaules.

— Non, rien, j'interrogerai moi-même la pipelette.

— Je ne pense pas qu'elle t'en dise long après la rebuffade de tout à l'heure ; elle est très vexée, tu sais ?

Je prends le bras de Pinaud :

— C'est pas possible ! Ne me torture pas, ça m'empêcherait de roupiller !

Je m'apprête à le suivre quand je tombe en arrêt

devant la glace décorant la cheminée. Elle est aussi mitée que la moustache de Pinaud, mais ça n'est pas elle qui m'intéresse. A gauche et à droite, il y a un clou à tête d'or. Au clou de gauche, une paire de gants de boxe est accrochée, rappelant la profession du défunt. Le clou de droite ne supporte qu'un morceau de lacet. Je m'approche. Ce lacet est élimé comme si on avait tiré dessus et il est attaché par un nœud solide au clou... On dirait qu'une autre paire de gants se trouvait là, faisant logiquement pendant à l'autre, et que quelqu'un *d'impatient* l'a arrachée de son support.

— Qu'est-ce que tu regardes ? s'inquiète mon collègue, ces gants ?

— Oui...

— Ils te font envie ?

— Je pense que ça serait pratique pour me gratter si un jour j'attrapais des morbacks...

Il rit, ce qui lui arrive rarement, et seulement lorsqu'il est l'auditeur de plaisanteries aussi spirituelles que celle-ci.

— Bon ; amène-toi, fossile...

— Je te serais reconnaissant de respecter mes cheveux blancs, proteste cette digne émanation de la médiocrité française.

— Tu n'as qu'à te les passer à l'Oréal, tes tifs, hé, Crin Blanc ! Allez, éteins les borniques et referme le cadenas tant bien que mal pendant que je vais interviewer *miss* Poussière dans sa loge !

La minuscule et aigrelette concierge est en train de faire revenir des oignons (qui du reste n'étaient pas partis) dans une cocotte lorsque je m'inscris dans son espace vital.

— Ah! c'est vous, le mal poli, grommelle-t-elle.

Je sursaute.

— Madame, je viens précisément vous présenter mes excuses... Je ne voulais pas vous blesser, tout à l'heure, mais dans notre métier nous sommes toujours sur les dents et...

Je complète ma phrase par un silence (si je puis dire) lequel silence est harmonieusement souligné par un billet de dix francs. La concierge arrête le gaz sous ses oignons.

— Oh! monsieur, fait-elle d'une voix qui ressemble à l'ouverture d'un vieux portail... Vous êtes tout excusé.

— Dites-moi, mon collègue m'a parlé de cette dame que vous aviez aperçue en compagnie de Josephini...

— Ah! La blonde!

— Quel genre avait-elle?

— Poule entretenue... Des fourrures, des bijoux que j'aurais honte de les porter!

Je réprime une forte envie de rire.

— Jeune?

— Vingt-cinq ans... Grande, jolie, il faut l'avouer...

Et c'est avec peine qu'elle avoue cela, du reste, cette espèce de balayette pour chiottes pauvres.

— Elle est venue souvent.
— Deux fois. Le mois dernier, et lundi après-midi...

Elle rit.

— Lundi, elle s'est méfiée pour sa voiture, je vous garantis. La première fois, elle l'avait mise carrément devant la porte cochère. je vous demande un peu ! Un agent a verbalisé pendant qu'elle était en haut avec ce pauvre M. Mario... Lundi, elle l'a remisée plus loin, à cheval sur les clous, ces filles se croient tout permis.

— Quel genre de bagnole était-ce ?
— Je ne sais pas... Une auto noire, deux places... Moi, les voitures, vous pensez bien que ça me laisse froide !

Pinaud me rejoint.

Il a l'œil encore humide d'être passé devant la statue de plâtre généreusement offerte à feu Mario.

— Tu y es ? me demande-t-il.
— Oui... Un instant.

Je reviens à ma pipelette :

— C'est le mois dernier que la femme en question est venue, vous êtes certaine ?
— Ben voyons ! Le lendemain du terme ! Je m'apprêtais à aller chez le gérant de l'immeuble avec mes loyers...
— Bon, merci pour le renseignement... Dites-

moi encore, lundi, elle ne vous aurait pas dit son nom ?

— Non.

— Et le soir, vous ne l'avez pas vue repasser avec ou sans Mario ?

— Non plus...

— Pourtant vous observez toutes les allées et venues ?

— En général, mais le lundi je vais prendre le café chez ma collègue du 112, Mme Renard... Elle est veuve comme moi et...

La vie de Mme Renard ne m'intéressant pas, je laisse ma cerbère... à ses oignons.

2

Le commissariat du sixième est désert comme l'intérieur d'un tambour lorsque nous débarquons.

Un type qui ressemble plus à une brute qu'à l'inventeur de la bombe H calligraphie des choses empoisonnantes pour quelqu'un, puisque c'est sur des papiers administratifs, en tirant une langue démesurée et sale.

Il a les tifs huileux, des boutons sur le nez, un regard étincelant de connerie et des taches de vin sur sa cravate pourtant lie-de-vin.

— Ce qu'y a ? éructe-t-il au bout d'un long silence volontaire.

— Le commissaire Soupin, fais-je, devançant Pinuche qui s'apprête à déballer sa dernière tranche de vie.

— A quel sujet ?

— T'occupe pas de ça, papa, lui dis-je en lui montrant ma carte.

Il se lève sans joie, ce qui nous permet de

constater que sa braguette est ouverte à deux battants, comme l'église de la Madeleine, un jour d'enterrement national.

Il disparaît un instant et revient, plus maussade encore.

— Monsieur le commissaire dit que vous l'attendiez, il est occupé.

Soupin finit par me cavaler sur la membrane avec ses façons de snober. Je lui réserve une drôle de surprise, à ce chéri.

Je pousse la porte battante qui s'ouvre dans le comptoir de bois verni et je me dirige vers la lourde du commissaire.

— Mais je vous ai dit !... gronde le bull-dog, vexé.

Je fais volte-face.

— Moi, je n'ai qu'une chose à te dire : ferme ta bouche et le reste, papa ; because rien d'intéressant ne peut sortir de l'une ou de l'autre !

Pinaud rit comme rirait une chèvre si ces animaux possédaient le propre de l'homme. D'un geste brutal, je délourde le burlingue de Soupin.

Ce gnace a un haut-le-corps et il fronce méchamment les sourcils en m'apercevant. Il a le dessus du dôme nu comme un verre de montre, avec, de chaque côté, une touffe de cheveux copiée sur celle de Zavatta. Son regard est froid, intelligent, et il est nippé avec recherche ; ça a toujours été un grand coquet.

Bien entendu, ce digne fonctionnaire si

« occupé » est seulâbre dans son bureau. Pour le quart d'heure, il ligote « Mon Film » sur la couverture de quoi s'étalent les attributs différenciant Sophia Loren de Pauline Carton.

— En plein boum, à ce que je vois ? tonitrué-je.

Il repousse le baveux d'un revers de manche.

— Je t'en prie, en voilà des manières...

— Le prends pas sur ce ton, Soupin, coupé-je. Tu n'as d'un flic que la mégalomanie, sans en avoir les qualités.

— Je ne permettrai pas...

Je m'assieds et je désigne une chaise à Pinuche. Celui-ci, ennuyé par l'algarade, n'ose déposer dessus les deux trucs flasques qui lui servent de fesses.

Soupin est blanc comme un meunier. Son regard distille de la colère à haute fréquence.

Mais sa rage l'étouffe, ce qui me permet de prendre la parole sans crainte d'être interrompu.

— Mon pauvre vieux, dis-je, au lieu de nous chambrer avec tes grands airs, tu ferais mieux d'écrire aux petites annonces du *Chasseur Français* pour tâcher de trouver une situation quelque part aux D.O.M.

Il flaire quelque chose d'inquiétant et soudain sa bouille flétrie par la colère exprime une espèce d'inquiétude.

— Quand je t'ai tubé, ce matin, au sujet de la mort de Josephini, tu m'as expédié aux prunes en m'affirmant que tu étais certain de son suicide, pas vrai ?

— Et je te le réaffirme ! coupe-t-il d'un ton glacial.

— Et moi, tête de haineux, je t'affirme que j'ai en ce moment, au placard, un zigoto qui reconnaît l'avoir trouvé mort assassiné chez lui et l'avoir balancé par la fenêtre...

— Hein ? Tu plaisantes !

— Et ce type va même plus loin, il jure qu'il était dans l'appartement lorsque tu as fait ton enquête... Il s'était planqué dans la penderie de la salle de bains... Tu parles d'un policier à la mords-moi-le-lobe ! Quand ça va se savoir, tu pourras t'acheter le nouveau Parker pour rédiger ta bafouille de démission. Les petits copains rigoleront tellement fort que tu risques la double perforation des tympans...

Il est de plus en plus pâlichon, Soupin, mais cette fois, c'est à cause de sa traquette. Son battant fait du rabe, croyez-moi. Et pour s'humecter la menteuse, c'est midi...

— Cet homme s'est foutu de toi, murmure-t-il, en désespoir de cause.

— Naturellement ! Il risque d'y aller du cigare pour te faire une vacherie...

— Alors, c'est lui l'assassin !

— C'est ce que je cherche à définir, mais, franchement, je ne le pense pas.

Soupin est vaincu. Il éponge sa rotonde bien

que nulle sudation ne l'emperle (ce que je cause bien le français quand je veux !).

— C'est effarant ! conclut-il. Tout cela paraissait tellement simple... La porte fermée au verrou de l'intérieur...

— Un vrai poulardin ne se fie pas aux apparences, mon vieux. Tu aurais pu au moins fouiller l'appartement !

— Je l'ai fait !

— De façon superficielle. Il paraît, aux dires de mon zèbre, que tu aurais soulevé le rideau de la penderie sans écarter les vêtements accrochés ?

— C'est exact...

— Pauvre cloche !

— Je t'en prie !

Pinaud se décide enfin à s'asseoir. Il sort un cancrelat de sa poche et, y ayant mis le feu, nous prouve qu'il s'agit en réalité d'un mégot.

— Tu aurais pu repérer quelques taches de sang qui vont du lit à la fenêtre...

— Je...

Je hausse les épaules.

— Je ne suis pas là pour faire ton procès. Je viens te trouver, au contraire, pour te sauver la mise, si tu veux bien abandonner toutefois tes airs de prince hindou engagé à la Légion.

Ça lui refile de l'oxygène dans les éponges... Il soupire doucement.

— Tu es gentil, San-Antonio, c'est chic de ta part...

— Que veux-tu, je n'ai pas la mentalité « pion »...

— Je t'en suis reconnaissant...

Abandonnant alors le ton cinglant que j'avais adopté, je lui résume ce que je sais de l'affaire et lui explique comment j'ai été amené à m'occuper de ce « suicide ».

— Pour conclure, dis-je, nous en sommes là : ou bien Abel est l'assassin et nous lui cognons dessus jusqu'à ce qu'il l'admette, ou bien il a dit la vérité et nous devons le découvrir. Une nouvelle piste se présente : celle de la femme blonde aux fourrures...

— Un peu romantique, ta nouvelle piste, grommelle cet incorruptible pédant.

Je m'arrête de jacter et le bigle en plein dans les lampions.

— Tu permets...

— Pardon...

— Nous avons un moyen de retrouver la femme... Et de la retrouver très vite...

— Ah oui ?

— Tu ne vois pas ?

— Heu... non.

Pinaud retrouve son rire de chèvre. Il donne le coup de pied en vache (afin de compléter l'étable) à Soupin en déclarant :

— Voyons, la contravention...

Soupin jubile :

— Oh oui, c'est vrai ! Il faut rechercher dans le

cahier des procès-verbaux le numéro de la voiture ayant été verbalisée par un de mes hommes devant la porte de chez Josephini... Quelle date ?

— Sans doute le 16 du mois dernier puisque la pipelette affirme que c'était le lendemain du terme.

Soupin appelle :

— Méhu !

Et le scribouillard à la braguette béante radine, hostile et boutonné.

— M'sieur le commissaire ?

— Apportez-moi le cahier des contraventions...

Le calligraphe obéit et bientôt nous feuilletons un registre d'où, j'espère, sortira la lumière...

Soupin vérifie toutes les contraventions du 16 écoulé, mais aucune n'a été relevée rue de l'Université. C'est plutôt moche. Soupin est perplexe.

— Tu es certain que ta concierge ne se goure pas ?

— Elle a affirmé qu'elle a vu le poulet verbaliser alors qu'elle portait le fric du terme au gérant...

Il me vient une idée. Je vais consulter le calendrier accroché au mur et je pousse un grognement disgracieux mais satisfait.

— Attends, le 15, jour du terme, était un dimanche, donc la vieille a encaissé l'article seulement le 16 et c'est le 17 qu'elle a coltiné son blé chez le gérant.

Soupin passe donc au 17. Son doigt racé court de haut en bas sur les pages du registre.

— Là ! s'écrie-t-il, soulagé.

Il lit :

« Stationnement interdit, devant le numéro 47 de la rue de l'Université... »

— C'est bien ça, opine Pinaud (je tiens à souligner au passage l'intérêt euphorique des deux mots « opine Pinaud »).

Il continue à ligoter, Soupin :

— Cabriolet 203 noir, immatriculation : 7811 DD 75.

Je note fiévreusement.

— Bon, avec ça, nous allons avoir quelque chose à nous foutre sous la dent... Téléphone à la préfecture pour savoir le nom du propriétaire...

Soupin s'empresse. En ce moment, je lui demanderais de cirer mes targettes qu'il le ferait sans hésiter, et même il les ferait briller avec sa ravissante pochette de soie !

Il parlemente avec des zigs et raccroche.

— Nous aurons le tuyau d'ici quelques minutes.

J'acquiesce. Pinaud récolte ce qu'il a de tabac en vrac dans sa poche. Il dépose sa moisson plus un morceau de crayon, dans une feuille de papier à cigarette, roule le tout et commence à le fumer. Pendant ce temps, je sonne la Grande Taule. Je réclame Bérurier et je l'obtiens. Il déclare arriver justement de la salle d'entraînement. Pas de renseignements importants... On a remarqué la femme blonde que je cherche car elle était très belle, mais elle est venue peu souvent. Elle n'a pas donné aux habitués de la salle d'entraînement l'impression qu'elle était une camarade de lit à Josephini...

— Autre chose, enchaîne le Gros, l'équipe de dragage qui vient d'opérer entre les deux ponts indiqués a découvert le coupe-papier...

— Bonne nouvelle ; donc Abel ne nous a pas bourré le mou. Fais mettre l'objet au dossier... Tu as prévenu Moras ?

— Oui, il instruit...

J'ai fait exprès de confier l'affaire à ce juge d'instruction. Il est réputé pour sa lenteur, ce qui me donne toute latitude pour continuer à mon compte cette enquête officieuse.

— Dis donc, murmure le Gros, les gars du dragage ont trouvé aussi un vieux bidet, ils demandent ce qu'ils doivent en faire...

— Fais-le livrer chez toi, tu t'en serviras pour mettre des fleurs.

Il raccroche, furax.

Là-dessus, le bignou carillonne illico et le préposé de la préfecture nous dit que le cabriolet 203 appartient à Mme Tania Van Voorne, sujette de sa majesté la reine de Hollande, comme son nom l'indique, laquelle habite à Paris, 124, rue de la Faisanderie.

Je me lève et serre sans chaleur la main manucurée de Soupin.

3

La nuit est bleue comme un paquet de Gauloises, avec, çà et là, des étoiles d'argent, comme dirait mon pote Lamartine qui avait un joli lot de clichés au bout de sa mélancolie. Pinaud marche à mes côtés jusqu'à ma bagnole. Il a les épaules rentrées et la moustache plus effrangée que jamais.

— Que faisons-nous ? demande-t-il.

— Je te dépose à une station de métro, pépère, et tu rentres chez toi donner à ton épouse la preuve qu'on peut être un mâle efficace tout en ayant une gueule en grain de courge!

Il bougonne :

— Toujours courtois, hein ?

Puis, modifiant son visage :

— Que penses-tu de tout ça ?

— De l'affaire ?

— Oui.

— Et toi ?

— Faudrait voir cette femme blonde. . Note que je ne crois pas qu'elle ait fait le coup .

Je considère Pinuche avec l'œil du monsieur qui vient de trouver un kangourou adulte dans sa baignoire.

— Vous disiez, baron ?

— Qu'elle n'a pas dû tuer mon beau-frère...

— Par quels chemins sinueux ton minuscule cerveau arrive-t-il à cette sommaire conclusion ?

Pinaud se gratte le crâne et, par conséquence directe, une averse de pellicules choit sur son pardingue.

— Assommer n'est pas un geste féminin... Si elle avait pris le coupe-papier, elle aurait utilisé la lame, et pas le manche, tu comprends ? C'était une sorte d'arme à double...

— Tranchant...

— Non, usage ! Elle pouvait servir de masse et de poignard... Je te le répète, et je te prie de croire ma vieille expérience ; j'ai cinquante-quatre ans et ça fait...

Je mugis :

— Au fait ! Ta vie n'intéresserait même pas un spécialiste des voies urinaires...

— Bon. D'après ma vieille expérience, disais-je, un homme aura vu la matraque dans le coupe-papier, et une femme le poignard... C'est ainsi...

Je réfléchis. Le raisonnement paraît un peu spécieux, mais il tient debout.

— Ta vieille expérience ressemble à une peau de banane, affirmé-je, elle risque de me faire glisser.

Je stoppe à Franklin-Roosevelt.

— Va accomplir ton destin, Pinaud...

Il me touche la main en abandonnant un morceau de son mégot dans ma paume.

— A demain, dit-il.

Je le regarde s'engouffrer dans la bouche béante du métro. Comme je suis en stationnement illicite, un poulardin me fait signe de décarrer. J'obtempère.

Au 124 de la rue de la Faisanderie, il y a, tout autour du numéro, un building de six ou sept étages. J'actionne le bouton de commande de la lourde vitrée, et je pénètre dans un vaste hall carrelé. A droite, un bureau vitré abrite un standard ainsi que la dame qui va avec.

Je m'adresse à icelle :

— Madame Van Voorne, s'il vous plaît ?

— Rez-de-chaussée, porte du fond, près de l'ascenseur.

Voilà bien ma veine. Pour une fois que j'ai à turbiner dans un immeuble avec ascenseur, il faut que la personne qui m'intéresse crèche au rez-de-chaussée ! Enfin, c'est la vie !

Je me propulse jusqu'à la porte indiquée et je me mets à jouer *Mambo italiano* sur le bouton de sonnette.

Une soubrette affolée vient m'ouvrir. Elle est petite, propre, bête, bretonne et appétissante.

Je lance un regard en forme de grappin sur la protubérance qu'elle pousse en avant.

— Pourrais-je parler à Mme Van Voorne, s'il vous plaît ?

Ayant dit, je lui décoche mon sourire 116 bis, celui qui concerne les gens de maison.

Elle rougit, de confiance, puis hésite.

— Je ne sais pas si Madame est rentrée.

— Si vous ne le savez pas, c'est donc qu'elle est là, affirmé-je.

Elle se trouble comme un verre de Ricard sous la pluie.

— Mais...

— Mettez le grand développement et allez lui dire qu'un ami de M. Josephini voudrait lui parler...

Elle hésite encore, car ses réflexes sont mous comme un chewing-gum d'occasion.

Un nouveau sourire dissout ses ultimes hésitations.

— Je vais voir, fait-elle. Quel nom que vous avez dit, déjà ?

— Josephini...

Elle m'invite à entrer, referme la lourde et me désigne un canapé profond comme une pensée de Pascal.

J'y dépose la partie la moins intellectuelle de ma personne et j'attends le bon vouloir de Mme Van

Voorne. Quelques minutes s'écoulent. La soubrette revient me dire que, par un hasard presque miraculeux, Madame vient de rentrer.

Elle m'introduit dans un living délicieusement arrangé dans les mauves et jaune citron. Au mur, un Dufy éclairé par un tube. Sur une console Louis-Chose, un buste d'empereur romain qui ressemble à Bérurier... Bref, de la classe.

Si la dame vient de rentrer, elle a dû avoir un certain succès dehors, car elle est en déshabillé de satin blanc. Elle est plus hollandaise que je pensais et un peu moins jolie que je ne l'espérais... Elle va chercher la quarantaine et la trouve aisément. Elle est grande pour son âge ; d'une blondeur extraordinairement pâle. Elle est mince, avec un contrepoids abondant ; ses yeux sont bleus et troublants. Dès qu'on se met à la bigler sérieusement, on se rend compte que cette femme a un charme inouï et qu'elle a de l'intelligence à ne pas savoir où la mettre.

— Vous désirez me parler de la part de M. Josephini ? demande-t-elle.

— Oui... Je suis un de ses mis...

— Mais... M. Josephini est mort ? s'étonne-t-elle.

— Oui, dis-je et d'une façon assez... brutale...

Elle ne sourcille pas. Son visage n'est qu'attentif. Elle se demande qui je suis et ce que je veux.

— J'ai vu, dit-elle.

— Vous le connaissiez bien ? je demande.

Elle hausse un sourcil.

— Bien ! C'est beaucoup dire... Il s'agissait d'une relation... amicale.

Je la regarde, ses yeux ne cillent pas.

— Puis-je vous demander ?... commence la Hollandaise.

Je feins la confusion.

— Pardonnez-moi : commissaire San-Antonio !

Mon titre ne la trouble pas outre mesure. Elle continue d'être surprise et attentive, un point c'est tout.

Elle est décidément très belle. Les larges manches de son déshabillé découvrent par instants des bras parfaits et, quand elle croise les jambes, j'ai l'impression que mon cœur va me rester sur l'estomac.

Je lui coule une œillade gourmande, mais qui ne la trouble pas le moins du monde.

— La police ? demande-t-elle.

— Oui, madame...

— Vous enquêtez...

— ... Sur l'assassinat de Josephini, oui, madame.

Cette fois, elle a un brusque mouvement de tête.

— L'assassinat !

— Oui, madame : l'assassinat !

— Mais j'ai lu dans la presse...

— Un journaliste n'est qu'un homme, madame... C'est dire qu'il est faillible.

J'attaque sec :

— Quand avez-vous vu Josephini pour la dernière fois ?

— Mais, monsieur !

Je l'interromps :

— Vous avez certainement déjà lu des romans policiers, madame... Par conséquent, vous devez savoir qu'on interroge toujours les... relations des victimes !

Elle hausse les épaules.

— J'ai dû le voir le jour de... de sa mort.

— En effet. Mais à quelle heure ?

— Dans l'après-midi...

— Vous ne l'avez pas vu en fin de soirée ? Vous n'êtes pas allée chez lui, par exemple ?

— Non...

— Puis-je vous demander de quelle nature étaient vos relations ?

— Eh bien, je connaissais M. Josephini depuis longtemps... Nous nous étions rencontrés un jour dans le train en venant de Nice. Nous avions sympathisé...

Elle me regarde.

— Simplement sympathisé... Ne vous faites pas d'idées...

Elle s'exprime très bien, avec un très vague accent pas désagréable.

— Je ne m'en fais pas, madame.

— Il me donnait des invitations pour la boxe... J'adore la boxe ! Je ne manque jamais un combat... Chaque fois je vais le voir... Enfin, j'allais le voir... Et il me remettait des fauteuils de ring.

Je souris.

— C'était chic de sa part. Avez-vous assisté à la rencontre Ben Mohammed-Micoviak ?

— Non... Non, je me trouvais en voyage... Et je...

— Et à la rencontre Milazzo-Ballarin ?

— Je ne...

— En somme, dis-je, suave, pour une aficionado de la boxe, vous manquez beaucoup de combats ?

— Je voyage énormément...

Mon attention est sollicitée tout à coup par un fil qui serpente au ras du plancher... Sans avoir l'air de rien, je le suis du regard, et je vois qu'il va d'un pot de fleurs posé près de moi jusqu'à une boîte rectangulaire oubliée dans un coin de la pièce, près d'une prise de courant.

— En somme, vous ne savez rien de la vie de Josephini ?

— Absolument rien...

— Alors, inutile que je vous importune davantage... Je vais vous demander la permission de me retirer, madame Van Voorne... Vous êtes apparentée à la ville de Van Voorne en Hollande ?

Elle éclate de rire.

— Sûrement...

— Vous vivez depuis longtemps à Paris ?
— Depuis la guerre...
— Mariée ?
— Divorcée...
— Vous êtes peut-être dans les affaires, madame Van Voorne ?

Son regard s'assombrit. Elle a l'air agacée.

— Non, monsieur le commissaire. Je vis de mes rentes... C'est tout ce qu'il y a pour votre service ?

— Ce sera tout... pour aujourd'hui, oui, madame... Considérez ma visite comme une prise de contact. Tant que je n'aurai pas découvert le meurtrier, je suis capable de rendre souvent visite aux personnes ayant connu, — même superficiellement — la victime... On ne sait jamais... Un petit fait, comme ça, peut vous revenir en mémoire...

Nous sommes à la porte. Elle sent rudement bon (pas la porte, la Hollandaise).

Je me décide brusquement :

— Excusez-moi, madame Van Voorne... Je vous retiens, et pendant ce temps votre magnétophone, dans le living, n'enregistre plus que du silence...

Je m'incline.

— Mes hommages, madame. Et à bientôt, peut-être ?...

QUATRIÈME REPRISE

1

Il fait frisquet et je n'ai qu'un pardingue de demi-saison sur le châssis, mais je ne sens pas ce que les grands écrivains appellent la morsure du froid.

Comme disent mes amis Rivoire et Carret, je suis bonne pâte, mais jusqu'à un certain point, pourtant il m'est avis que la Hollandaise a atteint ce certain point. Cette grognace me fait pleurer comme un gruyère exposé en plein Sahara en me disant qu'elle ne voyait Josephini que pour lui resquiller des places ! Elle est grand amateur de boxe, mais elle ignore qu'il a existé un gars du nom de Marcel Cerdan... Elle me reçoit nonchalamment, mais elle a branché un magnéto afin d'enregistrer notre conversation ! Jamais je n'ai vu une poupée aussi déconcertante. En tout cas, j'ai eu le dernier mot et je l'ai soufflée comme une bougie avec mon allusion au magnéto... Elle a dû comprendre que mon élection à la présidence des fleurs de naves n'était pas encore pour demain !

Je gagne mon carrosse, mais je n'y prends pas place car j'aperçois, tout près, la devanture d'un café.

J'entre en trombe, tel le frère cadet du cyclone Jeannette, et je réclame le téléphone d'une voix tellement forte que la patronne, tout en m'indiquant la cabine, mijote de résilier son abonnement.

Je tube à la Grande Boîte pour voir si Bérurier s'y trouve encore. Le mec du standard me dit qu'il s'est trissé depuis une vingtaine de broquilles, mais qu'il l'aperçoit au bistrot d'en face, occupé à rouler les bobs avec le louffiat.

— Envoie-le-moi chercher! ordonné-je d'un ton sans réplique.

J'entrouvre la lourde de la cabine et je crie à la bistrote de me préparer un double Cinzano-dry avec une goutte de gin. Rien de tel pour entretenir un doux état euphorique. Sur ce, je perçois le bruit d'un vieux train à vapeur entrant en gare et la voix disloquée de Bérurier me demande ce qu'il y a.

— Prends une bagnole, dis-je, et annonce-toi 124 rue de la Faisanderie. Il y a dans cette caserne une dame Van Voorne qui m'intéresse au point que j'en perds le manger...

— Et que faudra-t-il lui faire? s'inquiète le Gros. Un enfant?

— A l'impossible nul n'est tenu, bonhomme. Contente-toi de la surveiller...

— Comment, de la surveiller ? halète cette brave locomotive fissurée.

— Dans le cas où elle sortirait...

— Et si elle ne sort pas ?

— Alors, tu attends qu'elle sorte ; c'est d'une simplicité étourdissante.

Béru pousse un barrissement qui m'infecte le conduit auditif.

— Tu me vois poireauter toute la nuit ?

— Très bien, surtout si tu as une mandoline dans les mains, ça renforcerait ton côté Pierrot-Gourmand !

Il me brame alors que je peux aller chez Plumeau vu qu'il a ce soir une soirée chez leur ami le coiffeur (l'amant de madame), soirée au cours de laquelle ils doivent manger des crêpes.

— Justement, tranché-je, ce serait de l'anthropophagie...

Là-dessus, je raccroche et je vais écluser ma consommation. Je suis joyeux de la façon la plus merveilleuse qui soit, c'est-à-dire d'instinct. La rapidité avec laquelle se développe mon enquête personnelle me réjouit. Avoir eu un pressentiment et s'engager dans l'inconnu avec pour seule arme un gros nez comme ça, c'est quelque chose, croyez-moi. Quelquefois, vous rouscaillez après des flics parce qu'ils mettent des papillons sur votre pare-brise, vous avez tort. Rien n'est plus poétique qu'un papillon, du reste. Et puis il est des cas où, vous le voyez, c'est utile.

Je ne prétends pas que ma blonde Hollandaise soit la meurtrière de Mario, mais je devine qu'elle en sait long sur des trucs qui ont besoin d'ombre et de silence. Ça, c'est de bon augure.

Je pose un misérable sur le rade, j'enfouille la morniflette et je vais voir dehors si j'y suis.

Je m'y trouve instantanément malgré l'obscurité qui pèse sur ce coin de la *street*. Avant de me tailler, j'attends au volant de mon char, tel Ben-Hur guettant le signal du starter...

Je ne tarde pas à voir radiner le gros Bérurier au volant de sa quatre-chevaux. Là-dedans, il ressemble à un soufflé au fromage dans sa terrine.

Il est venu tout de même, malgré les crêpes du coiffeur. Quel brave mec ! C'est volumineux, stupide et râleur, mais quelle conscience professionnelle !

Il ne me reste plus qu'à faire la valoche. Je m'en vais donc avec la conscience pure d'un pêcheur qui vient de placer une ligne de fond pour la nuit.

Ce qu'il y a de meilleur dans la choucroute, je m'en vais vous le dire : c'est la choucroute ! La garniture n'est là que pour mettre cette évidence en relief.

Je fais cette constatation en sirotant un Traminer de la bonne année de la Brasserie Alsacienne. Ayant englouti une porcif monumentale, je décide

ÇA TOURNE AU VINAIGRE

de me payer une toile à la dernière séance du *Rex* because, dans mon état de surexcitation, je suis certain de ne pas pouvoir fermer les paupières avant une heure très avancée.

Je visionne donc un grand truc en couleurs et sur grand écran. Ça n'est ni génial ni rasoir. Ça bonnit l'histoire d'un mec paumé dans la brousse avec un poste de radio émettant seulement en 140 de large. Il se fait alpaguer par des bougnouls qui décident de se le farcir avec des oignons émincés, mais il a un œil de verre et il s'extrait son lampion bidon devant les négros qui, peu spirituels, le prennent pour le Bon Dieu. (Notez, soit dit entre nous et le passage du Lido, que la justice étant aveugle, le Bon Dieu pourrait fort bien être borgne.) Bref, le zig devient roi de la tribu (d'où le mot tribulations). Il découvre une pin-up que les Noirs séquestraient après l'avoir sans doute kidnappée à un concours de *Miss* Californie. Bref, vous devinez la suite. Le mec se calce la nana tandis que les négus dansent le cha-cha-cha... Un hélicoptère de passage se pose dans une clairière et les emmène en voyage de noces à Montevideo. *The End!*

Ça ne meuble pas l'intellect, mais ça ne vous conduit pas non plus au cabanon. C'est le genre de film pour familles nombreuses et soubrettes délirantes. L'aventure est au coin de la Ruhr! Une brousse prise sur le vif, c'est-à-dire dans le jardin exotique de Los Angeles ; des nègres démobilisés depuis peu, et le crocodile de service de la Métro...

On sort content sans avoir besoin de Sucraspirine.

Je retourne à ma voiture et décide d'aller me zoner. Les horloges des carrefours affirment minuit vingt, ce qui est une heure raisonnable, propice au dodo.

La nuit est belle et froide comme Michèle Morgan. Je pilote à la paresseuse, en ne tenant le volant que d'une pogne.

Je suis l'Haussmann jusqu'à Friedland. Je vire à l'Étoile et cramponne l'avenue du Bois pour rejoindre Saint-Cloud, lieu de ma résidence.

Arrivant à la hauteur de la rue de la Faisanderie, je me dis que la moindre des choses serait de jeter un coup de périscope à Bérurier, histoire de vérifier s'il est toujours fidèle au poste, le Gravos.

Je vire à gauche et biche la rue tranquille de la belle blonde. J'aperçois la quatre bourrins de mon sous-fifre stationnée devant le 124... Il doit guetter dans le noir, le pauvre mec... J'ai du remords... Si, à pareille heure, la mère Van Voorne n'est pas sortie, c'est qu'elle ne sortira plus. Je vais dire à mon brave Béru d'aller rejoindre sa baleine dans les torchons...

Je stoppe derrière sa tire et m'en approche. Le Bérurier des familles is làga... Mais il m'a l'air d'en écraser sérieusement. Il a le pif sur son volant... Terrassé par la dorme il a, contre son habitude, oublié sa mission...

Rageur, j'ouvre la porte de sa voiture.

— T'as pas honte de jouer les marmottes sur le sentier de la guerre, dis, fesses d'âne ?

Il ne bronche pas... Je lui file une bourrade et le Gros bascule contre la vitre. Alors je sens une cohorte de fourmis envahir mon calbar et remonter le long de mon anatomie. J'actionne le plafonnier de la voiture et je vois une formidable flaque de sang sur la banquette. Le Gros a bloqué une praline dans la région du cou et il s'est à peu près vidé. Tel, il me paraît un peu mort. Toute l'affection que je lui porte me remonte à la gorge.

— Béru ! je balbutie ! Béru, vieux pote, joue pas au con... Tu m'entends, dis ?

Autant parler à une coquille Saint-Jacques ! Il paraît avoir un taf, mon copain ! La mère Bérurier va pouvoir s'acheter un métrage de crêpe de Chine noir, elle en aura l'utilisation, probable !

J'introduis ma main tremblante à travers la limace du Gros. Je palpe sa graisse à la recherche du battant, je le situe approximativement et je m'immobilise. J'écoute avec la main, en quelque sorte. C'est un peu comme si tous mes sens affluaient dans ma dextre...

Rien ! Fermé pour causer de décès ! J'ai envie de hurler, de chialer, de sortir mon feu et de foutre en l'air l'humanité entière pour être certain de ne pas laisser échapper le fumelard qui a fait ça... Et puis, j'ai un sursaut. Il me semble... A moins que ce soit le mouvement de mon sang à moi que je perçoive... C'est tellement faible... Si, il me semble que c'est le bon cœur de Bérurier qui cogne, faible, infiniment lent, pareil à une montre sur le point de s'arrêter.

Un hosto ! Vite ! Vite ! Un hosto, nom d'une génisse ! Où y en a-t-il un ? Je n'arrive pas à récupérer mon sang-froid... Je ne vois que celui de Saint-Cloud... Mais Saint-Cloud, c'est loin d'ici ! Tant pis... Je connais le médecin-chef et la plupart des infirmières, ça vaut le coup d'essayer... Et puis là-bas, avec les accidents de l'autoroute, ils ont l'habitude d'accueillir en pleine noye des gars mal en point.

Avec d'infinies précautions, je tire Bérurier sur la droite. Je prends une carante dans mon coffre et je la mets sur la flaque de sang, je prends place au volant de la petite chiote et, en route ! Je bombe à travers le Bois... Le pont de Saint-Cloud est tout de suite là, car je bombe tant que ça peut... Il s'agit d'une question de secondes, sûrement, si j'en juge au sang perdu par la grosse gonfle...

Je traverse le carrefour, oblique à droite, grimpe la rampe, vire à gauche, puis encore à droite et me voici sur le terre-plein de l'hosto. Je carillonne à la lourde. Un infirmier de garde m'ouvre en bâillant.

— Police ! fais-je, alertez la garde, j'amène un blessé grave !

Rapidos des gnards se la radinent avec un brancard. Ils extraient Béru de la voiture, l'étalent doucement sur la civière et le coltinent à la salle d'opérations. Un docteur se met en devoir de lui découper ses fringues, une infirmière lui fait une transfusion à toute vibure parce que, de toute façon, c'est la première chose à pratiquer.

J'interroge la doctoresse.

— Pensez-vous qu'il s'en sortira ?

Elle fait la moue...

— On vient de prévenir le professeur Glandieu... Lui seul pourra se prononcer...

— Mais votre avis...

Elle hausse les épaules, un rien agacée... Ce geste est éloquent. J'ai du chaud, du navré dans le corgnolon...

Je regarde Béru... Il est blanc verdâtre, avec un mince regard blanc. Sa bouche est entrouverte... On ne le voit même pas respirer.

Et dire que je l'ai empêché d'aller goinfrer des crêpes ! Tout cela est de ma faute ! Je ne suis même pas en mission officielle !

Pour un caprice, un problo à résoudre, je viens de faire buter le plus chic type de la terre.

Je serre les poings...

— Écoutez, il faut me le tirer du pétrin, faites ça pour moi...

Combien cette phrase est puérile et lourde d'orgueil.. Elle m'a jailli des lèvres et, chose curieuse, les assistants ne songent pas à hausser les épaules.

L'infirmière est une gentille petite qui n'habite pas loin de mon pavillon et avec laquelle je plaisante, les soirs d'été, lorsque je taille ma haie de troènes sur le chemin...

Conscient de mon impuissance, je me calte. Si on peut faire quelque chose pour Béru, on le fera. Moi, je ne sais que buter les gens, je n'ai pas, hélas ! le pouvoir de les rafistoler. Je serre les ratiches pour m'empêcher de chialer.

Que faire ? Aller prévenir sa barrique ? Elle doit ronfler... Laissons-la en écraser, il sera bien temps demain... Et pourtant, j'aurais besoin d'une présence amie... Besoin de quelqu'un aimant Bérurier...

Je retourne à la voiture... Il y flotte une vilaine odeur fade... Bravant ma répulsion, je m'insère entre le volant et le dossier du siège...

Si j'allais chez Pinaud ? Après tout, c'est pour venger son beauf que tout ça est arrivé... Il crèche à Grenelle, rue Violet... Je potasse mon carnet d'adresses... Oui, c'est bien ça : au 45 !

Je peux toujours le réveiller pour m'épancher... S'il rouspète, j'en serai quitte pour lui flanquer ma main sur la figure en le traitant de détritus.

Mais je sais qu'il ne rouspètera pas !

2

C'est madame Pinaud qui délourde !
Un poème !
Épique !
Elle est en grande limace traînante, serrée au col et aux poignets ! Ses crins sont emprisonnés dans une résille et elle s'est filé sur la frite un astringent qui la fait ressembler à une divinité inca.

— Oh ! C'est vous, monsieur le commissaire, balbutie-t-elle. Nous avons eu peur... A ces heures...

Apparaît alors Pinaud. L'ancien comédien de Montrouge a l'air de jouer du Feydeau. Rien n'y manque : le calcif long à fleurs, la chemise blanche au pan arrière surbaissé, le bonnet de noye à pompon... Il a les pinceaux dans des pantoufles à pneus ballons et ses châsses sont coagulés par le sommeil.

— C'est toi ! murmure-t-il. Je me disais aussi... A ces heures, tu comprends ?...

Il stoppe devant ma mine défaite.

— Il est arrivé quelque chose ?
— Bérurier vient de se faire mettre en l'air !
— Non ?

Il lève le pan de sa limace, baisse la ceinture de son calcif et se met à gratter tristement une fesse mélancolique.

Mme Pinaud passe une robe de chambre en émettant les onomatopées exprimant le mieux la surprise et la consternation.

Son époux pleure silencieusement.

— Il est mort ? s'informe-t-il enfin.

Je secoue la tête.

Il y a un quart d'heure, il vivait encore, mais on ne m'a pas laissé d'espoir...

Pinaud se rassérène.

— S'il vivait il y a un quart d'heure, il s'en sortira ! promet-il. Tu sais bien que Béru est increvable.

— Tout de même... Il était vidé littéralement... Avec ça, une plaie au cou qui ne pardonne pas...

— Je te dis qu'il s'en sortira, s'obstine mon collègue. Souviens-toi de la fois où il a été flanqué de la plate-forme d'une grue par Fanfan-bec-de-lièvre... N'importe qui se serait disloqué, pas lui...

— Parce qu'il est tombé sur un tas de sable...

— Et la fois où il a pris quatorze coups de

couteau dans le ventre, à Poitiers ? Hein... On lui a fait la para... la lapara... la tomie...

— Cesse les battues, je vois ce que tu veux dire, tranché-je.

Nous essuyons nos pleurs et Mme Pinaud propose à travers sa crème astringente de boire du rhum... Nous acceptons.

Au deuxième godet, Pinuche tourne vers moi sa face de Pierrot de plâtre.

— Qui a fait ça ? demande-t-il.

Brusquement, c'est comme si une baraque de cinq étages me chutait sur la mansarde.

Tout à ma consternation, j'ai perdu de vue « l'affaire ». Avec le flingage de Bérurier, un nouveau maillon vient de renforcer la chaîne.

Je commente pour Pinuche ma visite à la belle Mme Van Voorne.

— Tu comprends, conclus-je, je tenais à la faire surveiller étroitement et, tu le vois, l'idée en soi était judicieuse. Quelqu'un s'est aperçu de la présence de notre pauvre Gros. Quelqu'un qu'il avait remarqué, du moins on est en droit de le penser. Et ce même quelqu'un n'a pas hésité à tuer Béru ; probable que l'enjeu en valait la chandelle...

Tandis que je jacte, Pinaud enfile son futal. Il ajuste ses bretelles en bâillant, noue une cravate élimée sur sa chemise de nuit, passe des chaussettes, endosse sa veste et son pardessus.

— Où vas-tu, mec ?

Il se frotte les sourcils, comme dut le faire la Belle au Bois Pionçant lorsque son Rainier est venu la virer des toiles.

— Ben... Je suppose qu'on va voir cette dame, non ? Faut battre le fer pendant qu'il est chaud, comme je disais dans *La nièce du forgeron*...

— Tu y jouais le marteau ? demandé-je en lui emboîtant le pas.

Il me dicte la conduite à tenir avec son bon vieux sens de la routine.

Je salue très bas Mme Pinaud dont le masque de cire se fissure pour un sourire d'adieu et je suis son digne époux à qui un bonnet de nuit n'ôte rien à son standing, bien qu'il le porte en tenue de ville.

Nous mettons le cap sur la Faisanderie. Il est deux heures du mat bien sonnées lorsque je retrouve ma tire. Je remets celle de Béru où elle se trouvait et j'actionne le bouton de la porte livrant accès au 124.

L'immeuble est silencieux. Je branche la minuterie et vais droit à l'appartement de Mme Van Voorne, suivi de Pinuche en bonnet de noye. Il est mimi tout plein, comme ça, l'ex-futur pensionnaire du Français. En avançant dans le hall couvert de glaces, je ne puis m'empêcher de sourire à la vue de ce funambule que je traîne à ma suite...

Parvenu devant la porte de la Hollandaise, j'appuie sur le timbre de la sonnette. Rien ne répond... Pourtant, au ras du paillasson un rai de lumière filtre... Je remets ça sur l'air de *Meunier, tu dors* (ne pas confondre avec Marie Tudor). Mais lorsque l'aigrelette sonnerie se tait, je sens sur ma joue la gifle flasque du silence (1).

— Y a personne, suggère Pinaud dont l'esprit de déduction possède l'instantanéisme de la lumière.

— Pourtant, c'est éclairé à l'intérieur, mords par terre...

— La dame s'est peut-être endormie en oubliant d'éteindre ?

Je jette un coup de saveur en deçà du bonnet de nuit et, ne voyant personne, je sors mon sésame.

— Oh ! fait Pinuche, choqué !

Cet honnête homme a un sens aigu de la propriété. De me voir forcer les lourdes, ça lui file des crampes au plexus.

Sans prendre garde à ses protestations chuchotées, je bricole la serrure. Elle est amerlock de fabrication, mais je la viole à la française et ça donne le résultat escompté.

Je retrouve l'appartement de Mme Van Voorne en parfait état, mais vide à en avoir le vertige. Plus de Hollandaise, plus de soubrette. La lumière

---

(1) Bien que ma modestie n'ait d'égal que mon talent, je tiens à souligner la vigueur de cette image, la hardiesse de cette métaphore et l'harmonie de la phrase qui n'est pas sans rappeler Hugo dans ce que celui-ci a de moins casse-choses.

brille à giorno... Voilà qui paraît bizarre ! Le magnéto se trouve toujours dans le living. Je le déclenche et il me distille notre entretien de la soirée.

Pinuche s'aperçoit dans une glace de Venise et arrache son bonnet de nuit avec effroi.

— Tu ne pouvais pas me le dire ! bougonne-t-il.

— Que tu aies ça ou une cage à serins sur la tête, lui dis-je, ça n'aggrave pas ton cas.

Je passe dans la chambre à ronfler. Le pageot est défait... Mme Van Voorne s'est couchée un moment avant de se barrer.

Pinuche, qui fouinasse dans le vestibule, se pointe en tenant une mule de femme, façon cothurne, en velours rouge enrichi de broderies d'or.

— Regarde ce que je viens de pêcher dans le porte-parapluies, près de la porte d'entrée...

Je reconnais la mule : ma Hollandaise l'avait aux lattes tout à l'heure...

— Dans le porte-pébroques ? fais-je, surpris.

— Oui... Bizarre, hein ?

— Assez... Cherche voir l'autre...

— L'autre quoi ?

— L'autre mule, hé, truffe ! Elle n'était pas unijambiste, cette chérie...

Pinuche se fout à quatre pattes et se met en devoir de chercher la seconde mule, mais en vain...

Pendant qu'il joue les épagneuls bretons, je fouinasse de mon côté... Je regarde partout, scientifiquement. Et mon attention est attirée par une asymétrie de la pièce. Elle concerne le double rideau de la croisée. L'un des deux panneaux comporte une cordelière, l'autre non.

J'appelle Pinuche.

— Regarde, fais-je en désignant le détail. Ici, comme chez ton beau-frère, il existe une rupture d'harmonie. Chez Josephini c'était un clou tout seul à gauche de la glace alors qu'un autre à droite supportait une paire de gants de boxe...

Il haussa les épaules.

— Tu te perds dans le détail, San-Antonio...

— Et toi dans le gâtisme ! Alors, cette seconde mule ?

— Partie sans laisser d'adresse...

Je renifle autour de moi... Il y a, pour mon pique-brise averti, comme un parfun de drame. Que signifie cet appartement vide et éclairé ? Ce lit vide, mais qui fut occupé ? Cette mule seule dans un porte-parapluies ? Ce cordon de tenture manquant ?

Je m'empare d'un flacon de whisky dont le seul tort est de se trouver à portée de ma main. Un glou-glou ! et le niveau se met à dégringoler...

Je pose la boutanche et je glapis :

— Merde à la fin ! On va se laisser avoir par le coup de flou si ça continu... Des appartements vides, on ne fait qu'en dénicher depuis ce matin ;

je croyais pourtant qu'il y avait la crise du logement ! Allez, Pinuche, branle-bas de combat, cours chercher la standardiste ! Qu'on prévienne la bonniche ! Elle doit pioger dans une carrée sous les toits ! Tout le monde sur le pont ! Les chaloupes à la mer...

3

Ça ne traîne pas. Pinuche a dû emboucher l'olifant des grandes circonstances car en moins d'un quart d'heure on est obligé de refuser du monde. Mon collègue filtre deux dames en tenues nocturnes qui sont, respectivement, la soubrette et la standardiste, et annonce aux autres personnes que c'est complet pour la séance en cours.

Il lourde en accrochant la chaîne de sûreté.

— Voilà, me dit-il.

J'emmène la petite bonne dans le living, tandis que Pinaud raconte la tranchée des baïonnettes à la standardiste.

La bonniche est moins jolie et plus bretonne lorsqu'elle est démaquillée. Elle chiale et commence par m'avouer, après avoir vu ma carte, que cette histoire risque de lui coûter sa réputation, ce qui n'est rien, et sa place, ce qui est plus grave, vu qu'elle était zonée avec un militaire et que toute la coterie a été à même de le constater, Pinuche ayant manqué de discrétion.

Je la rassure. Ses coucheries ne m'intéressent que dans la mesure où elle les accomplit avec Bibi et comme ce n'est pas le moment d'envisager cette possibilité, j'aborde le vif du sujet.

— Qu'est devenue votre patronne ?

Elle bigle du côté de la chambre.

— Elle n'est pas ici ?

— Si elle s'y trouvait, je ne vous poserais pas la question...

Elle secoue la tête.

— Je n'en sais rien.

— Quand l'avez-vous quittée ?

— Tout de suite après votre départ, tout à l'heure. Madame m'a dit qu'elle m'accordait ma soirée et que je pouvais disposer...

J'enregistre sans magnéto mais avec satisfaction. Donc ma visite avait produit son petit effet et la Hollandaise voulait rester seule... Pourquoi ? Probablement parce qu'elle attendait *quelqu'un*. Quelqu'un avec qui elle a fait la valoche... en quatrième vitesse. Au point qu'elle ne s'est pas donné la peine d'éteindre la loupiote avant de les mettre...

Je gamberge en zieutant distraitement par l'entrebâillement de la robe de chambre de la soubrette. Ce qu'on y voit vaut largement une séance du cinérama... Le relief y est même supérieur. Je m'arrache à cette contemplation. Après tout, rien ne nous dit que la môme Van Voorne se soit taillée. Elle est peut-être chiche de se la radiner, au milieu de la confusion générale et de crier à la garde. La bouille que je ferais si elle portait le suif ! Parce que enfin je ne suis ni mandaté ni même autorisé à enquêter et, le serais-je, il me faudrait un ordre de perquisition pour envahir son appartement... Et, poussant encore plus loin, aurais-je cet ordre que je devrais attendre le jour pour me mettre au labeur !

Enfin, avec des « si », comme dit Félicie, ma brave femme de mère, on mettrait Paris dans une vessie !

— Qu'a-t-elle fait lorsque j'ai été parti ? je demande.

— Elle m'a dit...

— Je sais : d'aller vous promener, mais pendant que vous acheviez votre travail en cours ?

— Elle a téléphoné...

— A qui ?

— Je ne sais pas...

— Qu'a-t-elle dit ?

— Je ne le sais pas non plus, elle avait fermé la porte...

— Elle reçoit beaucoup de gens ?

— Je ne sais pas, s'entête à dire la souris.

Je fronce les sourcils.

— Vous vous payez ma poire, madame la colonelle !

— Non, m'sieur, je vous assure ; ça ne fait que trois jours que je suis au service de Mme Van

Voorne, je ne suis pas au courant de ses habitudes...

Tout s'explique.

— Où remise-t-elle sa voiture ?

— Dans un box, derrière l'immeuble... On passe par la petite rue d'à côté...

J'appelle Pinaud.

Il se présente, le cheveu hirsute, la moustache effrangée.

— Quoi ?

— La mère Van Voorne gare son bahut dans un box privé attenant. Rencarde-toi auprès de la standardiste qui est de la maison et va voir si son cabriolet 203 s'y trouve...

Il opine brièvement, recoiffe son bonnet de nuit en mettant le pompon à l'intérieur et s'en va, digne comme un tribunal anglais. La bonniche se fend le tiroir en le regardant s'éloigner. Un regard glacé de San-Antonio la ramène aux réalités.

— Il est arrivé quelque chose ? demande-t-elle.

— Plutôt... Dites voir, ma déesse, en trois jours vous n'avez rien remarqué de particulier dans le comportement de Mme Van Voorne ? Voyons, une petite intelligente comme vous ?

Le compliment lui va droit au cœur, mais elle secoue néanmoins la cabèche.

— Non, rien...

— Elle a bien reçu des visites ?

— Non, personne... Elle sort beaucoup, par exemple...

— Et c'est quel genre de patronne ? Exigeante, gentille ?

— Plutôt gentille... Les premiers jours « elles » le sont toujours, vous savez...

Rien à tirer de cette pétasse. Je lui file une claque au baigneur et je la réexpédie à son zouave en lui recommandant de ne pas quitter son emploi sans ma permission expresse.

Comme elle va pour franchir la porte, je la rappelle. Il m'est venu une idée. Chez moi, ça n'est pas un signe particulier... Des idées, il m'en défile autant dans le crâne qu'il défile de verres de beaujolais dans le gosier d'un Lyonnais.

— D'accord, trésor, vous n'êtes pas encore au courant des us et coutumes de la casba, pourtant, vous avez dû faire un tour d'horizon de la garde-robe de madame... Une ravissante jeune fille ne peut s'empêcher d'admirer des toilettes, n'est-ce pas ?

Elle rougit, autant à cause du compliment que de l'accusation qu'il contient. Enfin, comme mon regard lui vrille l'épiderme, elle hoche affirmativement sa gentille frimousse.

— *O.K. !* comme on dit à la cour d'Angleterre. Alors suivez-moi.

Je la transbahute dans la chambre et j'ouvre en grand la penderie de la Hollandaise... Des robes, des tailleurs, des manteaux, des peignoirs sont accrochés làga.

Je regarde ma soubrette.

— Voilà, lui dis-je, en procédant par élimination, j'aimerais que vous me disiez quelle toilette porte en ce moment votre patronne...

La fille pige et, pointant une langue des plus comestibles, se met à passer une revue attentive des oripeaux.

Lorsqu'elle a terminé son inspection, elle tourne sur moi une frime ratatinée par la surprise.

— Je... je n'y comprends rien, fait-elle.

Moi j'ai déjà pigé.

— Tous ses vêtements sont là, n'est-ce pas ?

— Oui...

— Ce qui laisserait entendre qu'elle est allée se promener en chemise de nuit ?

— Oui... Et en robe de chambre... Il manque sa mauve à col châle...

— Vérifiez aussi les pompes...

— Les quoi ?

— Les targettes, les croquenots, les godasses enfin ! Nous n'allons pas nous mettre à jouer sur les mots, ma chérie !

Elle se jette à quatre pattes, ce qui met en valeur un soubassement aux volumes byzantins. M'est avis que le militaire doit piaffer d'impatience, là-haut ! Si on l'a stoppé en pleines grandes manœuvres, il n'est sûrement pas à prendre avec des pincettes !

— Elle est partie avec ses mules, affirme la bonne.

— Vous êtes catégorique ?

— J'en suis certaine... C'est étrange, n'est-ce pas ? ajoute-t-elle.

Ça l'est d'autant plus qu'elle n'est pas partie avec « ses » mules, mais avec « une » mule, ce qui est un manquement total à l'esthétisme.

Je fais claquer mes doigts.

— Ça boume, allez faire une fleur à votre fantassin...

Je l'escorte jusqu'au hall où poireaute la standardiste. Un peu furibarde, la dame. Se faire tirer du pageot en pleine noye par Pinaud, c'est déjà calamiteux, mais subir la vie dudit Pinaud en se tapant une station prolongée debout contre une porte, alors là, ça vous pousse à demander le registre des réclamations.

— Je suis à vous, fais-je à la dame.

Cette dernière a le chef constellé de bigoudis métalliques. Elle doit porter des lunettes et les a oubliées, ce qui lui fait plisser les paupières exagérément.

Comme je la guide au living, Pinaud revient.

— La voiture est en place, assure-t-il. Le moteur est froid, donc personne ne s'en est servi depuis plusieurs heures...

Ayant affirmé ses qualités d'enquêteur, il se croit autorisé à rouler une cigarette qui, une fois constituée, a déjà l'air d'un mégot.

Nous nous installons tous trois au living comme en terrain conquis. Pinaud déboutonne son pardessus et constate avec un certain effarement qu'il avait omis de rentrer le pan avant de sa chemise de nuitée. Heureusement pour son honneur, la dame mirot n'a rien vu.

— J'aimerais savoir de quoi il retourne, lance-t-elle avec le ton pertinent de quelqu'un qui a préparé sa phrase avec minutie, comme si elle devait constituer le dernier vers d'un sonnet.

— C'est en espérant le découvrir nous-mêmes que nous avons eu le regret de vous éveiller, chère madame...

Elle se radoucit et son thermomètre remonte.

Du moment qu'on est courtois et qu'on a le rond de flûte fastoche, les pépées passent l'éponge. Personne du reste ne sait mieux la passer qu'elles !

— Vous connaissez Mme Van Voorne, n'est-ce pas ?

— Bien entendu...

— Votre opinion ?

Ma question, pour courte qu'elle soit, mérite réflexion. La dame réfléchit donc tandis que Pinuche se noircit le bout du tarin à la flamme fumeuse de son briquet.

— Eh bien, voilà, débute la standardiste. C'est une personne bien... Des manières, de la toilette, un train...

— Un train de quoi, chère madame ?

— De vie !

— Elle recevait beaucoup ?

— Fort peu... Et des gens de l'élite...

Elle a de la chance, la pépée, de pouvoir classer les passants à vue. L'élite ! Je voudrais savoir ce que c'est ! Qu'on se foute d'accord une fois pour toutes sur ce point ! Quel signe particulier faut-il arborer pour qu'on vous situe dans ce nuage doré ? L'ÉLITE !

Le sourire Colgate aux lèvres, je susurre :

— Vous n'avez pas de noms à fournir, au sujet de ces visiteurs ?

— Oh non ! s'écrie-t-elle, terrorisée.

— Avez-vous remarqué un familier ?

— Non, je remarque peu...

— Passons. Maintenant, je vais vous poser une question à laquelle vous allez pouvoir répondre, puisqu'elle concerne votre profession.

La dame glisse une main fébrile entre ses nichons et attend, prête au pire.

— Comment marche le système téléphonique ici ?

— Mais... Comme dans un hôtel... J'ai un standard...

— Bon... Lorsqu'on vous demande de l'extérieur un locataire de l'immeuble, vous branchez la fiche correspondant à son poste, pas vrai ?

— C'est bien ça...

— Par contre, lorsqu'un locataire vous demande une communication, vous la composez vous-même ?

— Mais oui...

Pinaud, qui ne peut se contenter d'être con en silence, déclare :

— C'est enfantin !

Je le foudroie du regard.

— Ces communications composées par vos soins font l'objet d'une écriture, car il faut bien les décompter aux locataires ?

— Évidemment.

— Comment procédez-vous ?

La dame se croit interviewée par la grande presse et se met à prendre des poses suggestives. Elle se croit obligée de découvrir la plaque d'eczéma qui reproduit fidèlement la carte de la Corse sur sa cuisse droite.

— Mais, mon Dieu, gazouille-t-elle, comme dans un bureau de poste. Je ne sais si vous l'avez remarqué, mais les appartements sont numérotés ?

— J'ai remarqué.

— Lorsqu'un locataire demande un numéro, j'inscris d'abord celui de son appartement, ensuite celui qu'il désire... En fin de mois, mes fiches partent à la comptabilité qui fait la répartition...

Je sursaute.

— Allez me chercher vos fiches de ces huit derniers jours...

— Mais...

Je la tarabuste un peu. Il ne faudrait pas qu'elle se prenne pour *Miss* Univers avant le lever du jour, ça perturberait son service.

— Fais vite, je n'ai pas de temps à perdre !

Outragée, elle voile son eczéma et s'avance en traînant la savate.

Pinaud lustre son briquet à trois francs cinquante sur le satin de son fauteuil. Il est pensif.

— Ton opinion ? questionne-t-il d'un air dégagé, gagné sans doute par la contagion de l'ÉLITE.

— Elle n'a pas varié, lui dis-je : tu restes le membre le plus crétin des Services...

Depuis le temps, il devrait avoir pris l'habitude de mes rebuffades, mais chaque fois il a la soupape qui se bloque !

— Merci, grommelle-t-il...

Nous observons un silence sirupeux. Cette nuit cauchemaresque, interminable, stagnante et mouvementée, me file la gueule de bois. J'ai recours une nouvelle fois au flacon de whisky...

— Je parlais de la dame, lance Pinaud, qui ne peut supporter ni le silence ni le homard Thermidor.

Je le considère ! Ce que je vois en lui, ça n'est plus le collègue, mais l'individu.

— Ote ton soulier droit...

— Hein ?

— Fais ce que je te dis au lieu de bavocher...

Il quitte sa chaussure et exerce la souplesse de ses orteils en les remuant dans la large chaussette de laine.

— Tu n'as pas de grands pieds pour un flic, remarqué-je.

Il prend ça pour un compliment et roucoule, très gâcheuse :

— C'est vrai... J'ai du reste servi dans les chasseurs alpins...

— Ça ne nous a pas empêchés de gagner la guerre, coupé-je. Bon, mets à ton pied la mule que tu as trouvée...

Toujours docile, et d'autant plus méritant de l'être qu'il ne pige rien à tout cela, il chausse le cothurne. Je rigole :

— On dirait un enfant de lutin ! Bon, renverse-toi dans ton fauteuil comme si tu étais inanimé...

— Comme si j'étais...

— Ta gueule ou je t'inanime pour de bon...

Il se renverse, la bacchante dressée comme une balayette de gogues. Mais il conserve un œil mi-clos afin de pouvoir surveiller mes faits et gestes.

Il faut maintenant que je vous donne une précision car vous êtes tellement siphonnés que l'insolite vous laisse baba. Les sièges de l'appartement sont des sièges modernes, bas, et aux dossiers extrêmement renversés. Ceci fait que pour charger sur ses épaules quelqu'un d'inanimé, la façon la plus simple consiste à le choper par-dessus le dossier et à exécuter un mouvement tournant avec l'intéressé. J'opère. Pinaud se trouve sur moi, *les pieds pendant dans mon dos,* la tête inclinée sur ma poitrine.

Il se met à bramer que la barrette de réglage de ses bretelles lui entre dans la viande, mais je n'en ai cure. Je franchis la porte du living et me dirige vers celle de l'entrée.

J'actionne l'ouverture et me retourne. Je constate que la mule chaussée par mon collègue se trouve exactement au-dessus du porte-parapluies. A cet instant la standardiste radine et pousse un cri de terreur en nous voyant dans cette attitude. Je la rassure d'un sourire et libère le père Pinaud. Celui-ci se masse les côtes premières avec des gémissements de fille violentée.

— Tu as pigé où je voulais en venir ? questionné-je.

— Oui, dit-il, tu penses que le visiteur a étranglé la dame avec la cordelière du rideau et qu'il a emporté son cadavre ? Il ne s'est pas aperçu qu'elle perdait une mule dans le porte-parapluies.

Je tapote aimablement le dos voûté de Pinuche.

— On fera quelque chose de toi avant que les asticots ne t'achèvent...

Il tire sur un long poil qui sort de sa narine gauche, ce qui lui emplit les yeux de larmes.

— C'est bien ça, poursuit-il... Le bonhomme en question (car seul un homme peut être assez fort pour trimbaler un cadavre sur ses épaules)...

— A moins qu'il ne s'agisse de Suzy Solidor...

Imperturbable, il enchaîne :

— ... Le bonhomme est sorti. Sa voiture attendait devant l'immeuble. Il a chargé le corps dedans... Seulement il s'est aperçu de la présence de Bérurier et il est allé lui filer un coup de silencieux dans le ventre...

— Dans le cou, rectifié-je...

Le souvenir de notre pote me nimbe le cœur d'une infinie tristesse. Je m'empare des feuillets que me tend la standardiste et je m'assieds près du radiateur.

— Pinaud, demande à madame la communication avec l'hosto de Saint-Cloud. Rencarde-toi sur l'état de notre pauvre Béru... Ensuite interroge les gens de la rue, principalement ceux qui habitent les rez-de-chaussée, pour savoir s'ils ont vu ou au moins entendu quelque chose...

Pinaud abandonne son poil de nez et fait signe à la dame de se tenir prête à le suivre. Elle a remis la pogne sur ses besicles et en profite pour m'examiner complaisamment. J'ai dans l'idée que ma géographie lui revient. Je n'aurais qu'un mot à dire pour qu'elle se livre à moi de toute son âme et de tout son eczéma.

— Soyez gentille, lui susurré-je, aidez mon camarade à accomplir sa mission !

Elle se met au garde-à-vous et les deux tordus se cassent. Moi, je me jette littéralement sur les feuillets couverts de numéros hâtivement calligraphiés.

Ce qui m'intéresse, c'est le dernier appel provenant de cet appartement. J'ai idée qu'il nous donnera la clef de l'énigme.

Je cherche donc quels furent les numéros demandés par l'appartement 104 depuis mon départ. Je n'en trouve qu'un, mais qui a été composé trois fois dans le courant de la soirée... Je compulse les feuillets des jours précédents et je m'aperçois que ledit numéro revient fréquemment et à la cadence de trois appels par jour.

Il ne me reste plus qu'à noter le bigophone en question et à vérifier d'urgence à quoi il correspond...

J'éteins la lumière avant de quitter l'appartement... Le couloir est à nouveau vide. Le froid a eu raison de la curiosité des gens qui glandaient par là...

Je retrouve Pinuche en compagnie de la standardiste. Celle-ci, bonne âme, prépare un Nescafé...

Pinaud hoche la tête :

— On est en train d'opérer le Gros, murmure-t-il...

— Donc il vit toujours ?

— Oui... Mais, comme à toi, on ne m'a pas laissé beaucoup d'espoir... Il a perdu, paraît-il, deux litres de sang et sa carotide est atteinte... On tente une opération miracle... L'infirmière m'a expliqué : il faut mettre la partie atteinte de la carotide dans une sorte de gaine... Jusqu'ici l'opération n'a réussi qu'une fois sur mille...

Les mots se fichent dans mon âme comme des fléchettes dans une cible. J'évoque la démarche de plantigrade du gros... Je le revois, se cuisinant une andouillette sur un réchaud à alcool... J'entends sa voix conçue pour débiter du calembour... C'était un bon zig... Un copain sûr, toujours prêt à risquer sa peau pour vous faire plaisir... Il m'a tiré maintes fois du pétrin et voilà qu'à cause de moi...

Pinaud se rapproche... Il met sa main sur mon épaule, paternel. Je l'attire contre moi et j'embrasse furtivement son crâne déplumé. Lui aussi je le fais endéver... Et lui aussi m'a déjà secouru bien des fois... Ce sont les obscurs, les sans-grade du Service... Ils n'auront même pas la Légion d'honneur à titre posthume... Simplement, ils ont accepté de n'être que les rouages débonnaires d'une machine dont ils ignorent au juste le fonctionnement...

— Qu'on le retrouve, seulement, le salaud, murmure-t-il...

La standardiste ignore de qui nous parlons, mais elle chiale de confiance dans la casserole de Nescafé...

— Vous en prenez une tasse, monsieur le commissaire ?

— Volontiers...

Elle a eu raison de le faire chargé... Nous ne sommes pas encore dans les plumes !

Tout en soufflant sur le caoua brûlant, je demande à Pinaud s'il a du nouveau côté témoins éventuels...

— Rien, dit-il... J'ai interrogé une demi-douzaine de personnes, aucune n'a entendu quoi que ce soit, ce qui prouve bien que l'individu avait un silencieux...

— Aucune importance...

Je me tourne vers notre dévouée auxiliaire.

— Chère et ravissante créature, possédez-vous un annuaire téléphonique par numéros ?

— Mais oui...

— Alors soyez trésor, cherchez-moi l'adresse de Littré 62-64...

— Tiens, remarque la dame, c'est un numéro que Mme Van Voorne demande assez souvent...

— Vous avez bonne mémoire, complimenté-je...

Pinuche, lui, renifle des brins de tabac agrippés à ses bacchantes.

— Littré 62-64, récite-t-il, c'est marrant, ça me dit quelque chose... Oui, j'ai l'impression d'avoir eu ce numéro en tête un certain temps...

Il se lance dans ses commentaires.

— Je ne sais pas si tu l'as remarqué, dit-il, mais il y a dans un numéro de téléphone le rythme qu'on trouve dans un vers... C'est chantant... Tiens : Passy 26-45, c'est évocateur, non ?

— Un vers de Coppée, assuré-je...

La standardiste potasse son opuscule en humectant son index à chaque page...

Elle s'arrête soudain.

— Voilà, fait-elle complaisamment, Littré 62-

64 : M. Mario Josephini, rue de l'Université...
Attendez, je ne peux pas lire le numéro, il y a une
crotte de mouche dessus.

CINQUIÈME REPRISE

1

Pinaud, qui est à retardement, murmure, placide comme une bouse de vache :

— Je savais bien que ça me disait quelque chose !

Et puis il la boucle et se met à me reluquer d'un air gland.

— Mais, mais, bêle-t-il.

Je secoue la tête.

— Pour du mystère, c'est du mystère, non ? Voilà plusieurs jours que Mario est canné. Il y a des scellés sur sa lourde, mais elle le demandait au téléphone...

— C'est impossible, décrète Pinaud qui a le sens des limites humaines...

Je saute sur la standardiste. Elle roucoule et, prometteuse, me dévoile un sein, mal emprisonné par un soutien-gorge rose cucul-la-praline.

Les poulettes sont toujours prêtes à des confusions de ce genre. Vous leur tendez la main et, au lieu de vous tendre la leur, elles approchent leur pétrus... C'est la vie !

— *Miss* Standard, lui dis-je, la voix enrouée par l'anxiété, il vous appartient de dissiper le mystère du siècle. Je sais que vous manœuvrez votre bignou à longueur de journée et que vous ne pouvez conserver en mémoire chaque appel, mais je vous demande de vous concentrer... Mme Van Voorne vous a réclamé trois fois ce numéro dans la soirée, d'après votre fiche... Je vois en face de chaque numéro un cercle rouge, cela veut dire que la communication n'a pas été obtenue, n'est-ce pas ?

— Oui, dit-elle. Elle a été annulée les trois fois...

Je feuillette sur les fiches précédentes et je constate que *depuis mardi* chaque appel du Littré en question est précédé de la marque d'annulation... Par ailleurs, chaque fois, il a été demandé à trois reprises à peu de temps d'intervalle... Voilà qui m'ouvre des horizons sans bornes.

— Ce numéro, depuis mardi, n'a jamais répondu, dis-je...

Elle gamberge un poil, essuie ses lunettes après le pan de sa robe de chambre, histoire d'avoir un prétexte à relever celle-ci et déclare :

— Oui... Je m'en souviens, maintenant... Mme Van Voorne le demandait à plusieurs reprises chaque fois, bien que je lui affirme que ça ne répondait pas.

Pinaud n'a pas l'air de piger ma jubilation... Il me bigle avec ses yeux de lézard ébloui en se curant les oreilles avec le bout phosphoré d'une allumette.

— Viens, dis-je brusquement, je crois que nous venons de piger quelque chose...
— Nous ? s'étonne-t-il...
Et loyalement d'ajouter :
— Toi peut-être, mais pas moi !

2

Une très confuse clarté germe à l'ouest. Le froid est plus vif qu'au début de la noye. Je me sens la figure graisseuse, les dents crayeuses, l'estomac triste... Pinaud sent la chambre à coucher conjugale et j'ai de la tristesse dans tout le corps.

— Elle était gentille, cette personne, émet-il en tirant bas son bonnet de nuit.

— Quelle personne ?

— La dame du standard... Pas belle, mais des volumes généreux et surtout de l'amabilité. Vois-tu, San-Antonio, moi qui ai de l'expérience, je peux te dire que la vertu la plus essentielle chez une femme, c'est la gentillesse...

— Tu devrais écrire ça dans le *Figaro !* conseillé-je. Bonté ! ce que j'ai soif. Si on trouve une turne ouverte, on va se jeter un demi...

— Où allons-nous ? s'inquiète-t-il...

— Chez ton ancien beau-frère...

— A ces heures ?

— Au fait, quelle heure est-il ?

En bâillant, il tire sur une chaîne de montre qui pourrait servir à amarrer le *Liberté* ; il ramène des profondeurs de sa poche une montre minuscule tout en nickel plaqué argent.

Il étudie de près le cadran et déclare :

— 4 h 10...

Puis, tisonné par la curiosité :

— Qu'allons-nous faire chez mon beau-frère ?... Vérifier un détail ?

Je secoue la tête.

— Oui... Bien qu'il soit trop tôt.

— Alors, allons nous coucher ?

— Des clous !

— J'ai sommeil...

— Égoïste ! Pense à Béru à qui on greffe une carotide de poulet en ce moment !

— C'est vrai, pleurniche Pinaud. Le pauvre gros... Ce qu'on est peu de chose. Quand je pense qu'avant-hier encore il avait un deux cents de valets !...

Nous voici rue de l'Université, non loin de l'immeuble d'où Josephini fut défenestré. J'arrête mon char à une vingtaine de mètres du porche... Tout est calme dans la rue... Je ne vois que quelques bagnoles aux vitres embuées et un cabot qui attend les poubelles...

— On descend ? demande Pinaud.

— Non, attends, il faut que je mette un peu d'ordre là-dedans.

Ce disant, je me frappe le crâne.

— Tu auras du travail, ricane Pinaud.

— Hmm, compliment, monsieur phosphore... Tu me donnes l'idée d'un article, Pinuche : *Comment l'esprit vient aux séniles !*

Il croise ses mains sur sa poitrine.

Je change de ton pour concrétiser à haute et intelligible voix mes « idées biscornues ».

— Ces appels téléphoniques chez un mort dont on sait que l'appartement est mis sous scellés ne sont pas sans motifs. Mme Van Voorne m'a semblé être une personne bigrement intelligente et sensée...

— Alors ? pousse Pinaud.

— Le fait qu'à chaque demande de ce numéro forcément muet la Hollandaise l'ait réclamé à trois reprises rapprochées fait penser...

— A quoi ?

— A un signal, dis-je...

— Comment, à un signal ? demande Pinuche, tiré de son assoupissement.

— Ouvre tes étiquettes, squelette en sursis. Suppose que quelqu'un ait voulu surveiller ton beau-frère. Il s'arrange pour occuper un appartement contigu... Mais un appartement qui ne comporte pas le téléphone, tu me suis ?

Il a pigé... Ses yeux ternes se tournent vers moi et je crois — à moins que mes sens ne m'abusent — qu'une lueur d'intelligence y pétille.

— Tu veux dire que, de l'appartement où se

trouverait ton « quelqu'un », il est possible d'entendre le téléphone de Mario ? Et tu veux toujours dire qu'en appelant trois fois de suite ledit numéro, le quelqu'un saurait que c'est à lui qu'on en a ?

Je lui frappe le ventre.

— Bravo, mon vieux... On ne peut résumer plus explicitement une déduction relativement embrouillée.

Pinaud tire de sa poche l'allumette à trois usages dont il se sert indistinctement pour se curer les oreilles, les ongles et les dents. Il hésite, sa bûchette en main, et adopte un quatrième parti : celui de la sucer avec délectation.

— Il ne te reste plus que la possibilité de la déguiser en suppositoire, observé-je finement.

Il n'a pas entendu et poursuit :

— Après ta visite, ce soir...

— S'il est quatre plombes, tu peux dire hier soir...

— Si tu veux... Donc, après ta visite, la dame a alerté le type. Celui-ci est venu. Elle lui a parlé de toi, lui a fait entendre votre conversation et peut-être lui a demandé de garantir sa sécurité... C'est une supposition, naturellement, mais qui vaut ce qu'elle vaut...

— Continue, fais-je, intéressé.

— Le type s'est donné peur à cause des menaces... Il l'a étranglée... Puis il s'est dit qu'il fallait faire disparaître le cadavre et a emmené cette dame sur son dos... Comme déjà pensé, il a repéré Bérurier et...

— Oui, ça pourrait s'être déroulé comme ça...

— Note, reprend mon collègue, qu'il n'est pas difficile de savoir si nous sommes dans le vrai. Il suffit de réveiller la concierge pour lui demander des tuyaux sur ses locataires...

Je secoue la tête.

— Non, je ne suis pas de cet avis... Suppose que le type ne soit pas de retour, et qu'il se pointe au moment où on baratine la vioque ? Suppose qu'on ne puisse rien faire immédiatement et que demain... Non, laisse, j'ai une meilleure idée...

J'embraye et je roule en douceur jusqu'à une boîte de nuit d'où s'échappe un tohu-bohu effroyable.

— Descendons prendre une bière, dis-je, je vais t'expliquer mon plan...

Nous entrons dans le cabaret. C'est le grand carnage... Il ne reste plus beaucoup de trèpe à ces heures, mais les ultimes clients font du foin comme tout un asile d'aliénés.

Il y a trois musiciens nègres sur une scène qui s'époumonent dans du cuivre et des couples épileptiques qui tortillent leur valseur en s'étreignant à la farouche ! On reprend illico confiance dans les destinées de l'homme en biglant ces énergumènes. Les nanas sont en plein délire... Vous les touchez avec une tête d'épingle et les voilà en extase... Il y a des zigs qui vont se faire reluire vachement tout à l'heure...

Pinaud ferme les yeux à cause du saxo qui imite à lui tout seul le port de New York à une fin de grève.

— C'est affolant ! soupire-t-il.

Nous allons au bar qui, heureusement, se trouve en retrait dans le fond.

— Deux bières, dis-je.

— Françaises ? Allemandes ? Hollandaises ? s'enquiert le barman.

— Hollandaises, je murmure en regardant Pinuche.

— C'est de circonstance, approuve-t-il.

Nous éclusons deux grands glass de bière mousseuse. Ça fait du bien de s'humecter la menteuse à ces heures...

— Bon, me décidé-je en reposant mon verre, tu vas prendre un jeton.

— J'en prends assez comme ça, dit Pinaud, qui, mine de rien, regarde se relever les jupes des danseuses.

— Un jeton téléphonique ! lui mugis-je dans l'esgourde. Moi je vais retourner devant l'immeuble... Dans quelques minutes tu composeras le numéro de ton beau-frère, tu t'en souviens ?

— Littré 62-64...

— Bravo ! Tu vas pouvoir passer à l'Olympia dans un numéro mnémomique.

— Qu'est-ce que c'est que ça ?

— Tu regarderas sur le dictionnaire...

Pinaud sort son dentier, gratte entre deux incisives un fœtus d'allumette qui s'y était coincé et remet son appareil à débiter des couenneries dans sa gargoulette.

— Je suppose, dit-il, que je devrai sonner le numéro trois fois de suite à intervalles réguliers ?

— Oui, mais je préférerais que se soit à intervalles ; il y a des jours où j'ai l'amour du pluriel en al...

Je banque les deux demis en faisant la grimace car la note est salée, ce qui me redonne soif. Ici c'est un cercle vicieux, il suffit de regarder danser les couples pour s'en rendre compte...

— Je file, Pinaud...

Le regard qu'il me jette est aussi incomplet que son nom... Je retrouve ma tuture et je me paie un grand viron pour reprendre l'Université *street* dans le bon sens.

Je stoppe au même endroit que précédemment et j'attends en reluquant la façade de l'immeuble qu'habita Josephini. Vous me croirez si vous le voulez — et si vous ne voulez pas il vous reste néanmoins la ressource d'aller vous faire peindre en vert — mais je perçois distinctement la sonnerie du bignou, là-haut, au troisième... Elle vrille le silence nocturne, lancinante comme un mal de dent. Puis elle stoppe... Rien n'a bronché alentour... Je souffle dans mes doigts qui s'engourdissent... Et là-bas, dans la boîte à Zizi, Pinuche recompose le numéro au milieu du vacarme. La sonnerie recommence après une brève interruption... Nouvel arrêt...

« Et de deux », je balbutie...

Le temps me paraît long. Je suis prêt à vous parier une poignée de louis d'or contre une poignée de porte que Pinuche écluse un gros rouge...

Enfin, ça carillonne pour la troisième et dernière fois... A peine le grelottement du timbre a-t-il recommencé qu'une lumière s'éclaire... Non pas au quatrième ou au second, ainsi que je le supposais, mais au troisième étage de l'immeuble contigu... Je remarque que la fenêtre où vient d'éclater la lumière jouxte celle par laquelle Abel a culbuté le cadavre de Mario.

Cette constatation me chauffe le cœur... Et cet échauffement devient un véritable brasier lorsque je m'aperçois que l'immeuble contigu est un hôtel... Cette fois nous entrons dans la période déterminante... Pas d'erreur, mon renifleur est formel. Taïaut ! Taïaut !

J'attends, les châsses braqués sur ce rectangle de lumière... J'attends quoi, au juste ?

Soudain l'obscurité revient, nette ! J'en ai un choc... Je me détranche pour voir si Pinuche a l'idée d'amener sa couenne. J'ai oublié de convenir de ça avec lui... Peut-être m'attend-il en éclusant du bordeaux supérieur ? Le bordeaux rouge, c'est son vice.

Je cesse brusquement de me poser une question aussi subsidiaire. Un homme vient de sortir de l'hôtel que je surveille. C'est un type bien balancé et mis avec recherche. L'allure est jeune, mais il est impossible de s'en faire une idée précise car il porte un gros pardingue en poils de chameau. Il traverse la chaussée et s'approche d'une grosse bagnole stationnée en face. Il y prend place et fait tourner le moteur... Puis il décolle du trottoir et se met à bomber. Je n'hésite pas... Aussi sec je lui file le train. Pour commencer, je n'allume pas mes lampions afin de moins éveiller son attention. Heureusement, l'aube pointe et la circulation commence ; celle des véhicules de livraisons principalement.

Je garde la bonne distance, crispé à mon volant. J'ai froid malgré que le tirage de ma guinde fonctionne normalement. C'est un froid interne qui est dû plus à ma nuit d'insomnie qu'à la température en baisse...

Le gars tourne à droite, prend tout droit jusqu'aux quais, suit ceux-ci à gauche puisqu'ils sont à sens unique et traverse le pont du Carrousel... Je me rapproche afin de ne pas me laisser chocolater par un feu rouge, encore que je n'en aie rien à foutre ! Ensuite, il reprend les quais en sens contraire sur la rive droite.

Nous passons le Châtelet, l'Hôtel de Ville et arrivons à la confluence du canal. Je ne sais pas s'il s'est aperçu de ma filature, toujours est-il qu'il se met à pédaler sérieusement...

Nous continuons à tout berzingue en direction de Charenton... On commence à voir des panneaux indicateurs qui parlent de Nancy...

Les dents serrées, je fredonne pourtant une bonne vieille marche militaire :

Avez-vous vu la putain de Nancy ?
Qui a foutu la vérole à toute la cavalerie...

J'ai des sonneries de cuivre sous la touffe !

— Allez, San-A. ; tu tiens le bon bout, mon mec... La persévérance est toujours récompensée... Tu as reniflé une piste... Tu as obéi à ton instinct, à l'amour de ton métier...

Je m'arrête de gamberger pour remarquer que je pense comme s'exprime le Vieux. Faut toujours qu'il la ramène en tricolore sur fond de *Marseillaise* avec les yeux en forme de Croix de guerre !

Nous arrivons au tronçon d'autoroute qui file sur Joinville. Là, le gnace va pouvoir mettre le super-développement. La route est large, déserte... Les services routiers ont coupé le jus à cause de la pâle clarté qui traînasse au fond de l'horizon. Éconocroque ! Éconocroque !

Nous roulons maintenant à 120... Je me dis qu'il est pratiquement impossible que mon gars ne s'aperçoive pas qu'il est suivi... Peut-être étant donné que ce tronçon ne comporte pas de dérivations, peut-être serait-il adroit de le doubler pour le mettre en confiance, quitte à me laisser passer vers le débouché ?

Aussitôt pensé, aussitôt fait... Je cloue mon champignon de couche au plancher et l'aiguille de ma 15 va carrément au 140...

Sans difficulté, je remonte le gars. Je prends un air absorbé et, arrivé à la hauteur, ne lui décoche même pas un regard... Rappelez-vous que j'ai tort... Parce que, brusquement, ça se met à cracher épais dans les environs immédiats ! Les vitres de ma calèche deviennent opaques... Cet enfant de pute vient de me défourailler dessus au moment où je le dépassais... A cause de la vitesse il m'a raté, mais mon pare-brise en a pris un vieux coup et à cause du sécurit il s'est transformé en une surface d'un blanc laiteux... Ayant perdu toute visibilité, je freine à mort en priant Dieu pour que je conserve ma direction...

Je parviens à m'arrêter et, une fois descendu de mon char, je m'aperçois que je suis à deux centimètres virgule deux d'un arbre... J'en ai des sueurs dans la rainure...

Deux feux rouges disparaissent là-bas... Je biche une clé à molette sous la banquette et je démolis mon pare-brise en énumérant les jurons les plus véhéments de ma collection.

3

J'ai fait vite pour disloquer mon pare-brise, mais les quelques minutes nécessitées par ce turbin ont permis à mon agresseur de prendre une avance définitive... D'autant plus que l'air glacé de l'aube entre comme une lame, de plein fouet, à l'intérieur de la tire, me cisaillant la frite.

Je rebrousse chemin, la mort dans l'âme. Je suis d'autant plus en renaud que, dans ma précipitation à suivre le zig, j'ai tout bêtement omis de noter son numéro. Un gamin de quatre-vingt-treize ans en pleurerait !

Ulcéré comme un contribuable qui vient d'acquitter son tiers provisionnel, je retourne rue de l'Université et j'y atterris vingt minutes plus tard... J'aperçois une cariatide contre un porche. C'est Pinuche... Une longue stalactite argentée lui pend du naze... Il est transi, vidé, mort et un peu soûl ! Son regard est aussi spirituel que deux morceaux d'albuplast.

Il me voit descendre de mon carrosse et radine. On dirait un robot.

— Je ne savais pas ce qui t'était advenu, déclare-t-il, très régence.

Il jacte en claquant des ratiches. On dirait un vieux lion enfermé par erreur dans un frigo.

— Tu n'as pas l'air en train, j'observe.

— J'ai pris froid... Et puis, au bar, heug, j'ai consommé un vin rouge qui n'était pas de... heug... bonne qualité.

Il constate mon air décidé. Il est un fait que cette mitraillade m'a complètement tiré de mon engourdissement.

— Qu'est-ce qui vient de se passer ?

— Parce que tu sens qu'il s'est passé quelque chose, avec ton nez gelé ?

— Ma vieille expérience, attaque-t-il, noble et blasé.

— Ta vieille expérience ne t'interdit pas de te moucher, fais-je. Il s'est passé qu'à ton signal téléphonique un homme s'est taillé de l'hôtel que voici en vitesse... Un homme dont la fenêtre fait suite à celle de la chambre de Mario...

— Pas possible ! s'écrie Pinaud.

— C'est comme j'ai l'honneur de te le dire...

Je me dirige vers l'hôtel et je m'apprête à en franchir le seuil lorsque je me retourne, surpris par l'immobilité de mon vieux Pinuche.

— Tu t'annonces ou si tu poses pour Rodin ?

Il ouvre la bouche, arrime son dentier d'un

coup de pouce averti, clape plusieurs fois à vide et déclare :

— Mais je n'ai pas fait l'appel : le téléphone du bar était en dérangement !

C'est à mon tour de rester le bec ouvert. L'air cinglant du matin me traverse jusqu'au slip !

SIXIÈME REPRISE

1

— Tu n'as pas téléphoné ? je questionne...
Il est des cas où l'on a besoin de se rouler dans les redites afin de mieux se pénétrer d'une évidence.

— Mais non ! Je te dis que leur appareil ne marchait pas...

— Pourtant, j'ai entendu les trois appels consécutifs... Et je suis bien certain qu'ils émanaient de chez Josephini !

— Alors, c'est quelqu'un d'autre qui les a composés, affirme doctement cette vieille baderne. Je ne vois guère d'autre explication...

Je danse d'un pied sur l'autre jusqu'à ce que j'aie l'impression — déconcertante — de m'être transformé en métronome.

— Allons interviewer les gars de l'hôtel, décidé-je.

Nous entrons donc dans cet établissement médiocre, pompeusement baptisé *Luxueux Hôtel*. La porte franchie, nos narines (les miennes, du moins) sont assaillies par une odeur mélancolique faite de remugles épars... Ça schlingue la crasse chaude, la lessive froide, l'humanité impécunieuse... Le tout déprime comme un film raté.

Nous sommes obligés de sonner longtemps avant d'attirer un larbin vieux et mal rasé. Il est grand, voûté, avec un menton qui n'en finit plus et des yeux chassieux.

— C'est complet, bavoche-t-il. Et puis à ces heures...

— Montre ta carte au monsieur, dis-je à Pinaud, ça te fera faire de l'exercice...

Pinaud se fouille méthodiquement. Il extrait tour à tour de son portefeuille disloqué : un permis de pêche délivré par la Joyeuse Gaule de Carrières-sur-Seine, une carte de tarif réduit sur les chemins de fer, une vieille carte postale représentant le monument aux morts de Saint-Eusèbe-le-Grand et, enfin, un rectangle de carton blanc orné de tricolore sur lequel il est dit que M. Pinaud appartient à la maison parapluie. Il était temps : le larbin se rendormait debout, comme les chevaux dont il a le faciès.

— Police ? murmure-t-il en homme que ce mot n'impressionne plus depuis belle lurette.

— Heu !... oui, assure Pinaud.

Je crois mon intervention propice.

— Voici moins d'une heure, un type habitant le troisième étage est sorti, fais-je.

L'autre a un sourire lugubre.

— C'est bien possible...

— Je voudrais l'identité de cet homme...

— Faudrait que je susse de qui qu'il s'agit, déclare le garçon d'étage.

— Comment, vous ne l'avez pas vu partir ?

— Je dormais... Et s'il fallait me réveiller pour tous ceusses qui entrent ou qui sortent...

— Enfin, c'est un hôtel ou des chiotes publiques, ici ?

— Il y a des jours où je me le demande, soupire le vieux.

— Alors, procédons autrement. Je cherche un de vos clients qui, je vous le répète, demeure au troisième étage, dont la fenêtre donne sur la rue tout contre l'immeuble de gauche et qui possède une voiture noire, de marque indéfinissable...

Le vieux sourit largement, peut-être pour faire valoir les quatre derniers chicots meublant sa salle à manger.

— Oh ! c'est M. Van Voorne, dit-il.

Pinaud se mouche bruyamment. Il examine le produit de cette expulsion d'un œil soucieux, après quoi il plie son mouchoir en quatre et se tourne vers moi.

— Ça se corse, déclare-t-il sobrement.

Si Bérurier était là, il ne manquerait pas de répondre : « Chef-lieu Ajaccio », ce qui constitue un très honorable jeu de mots. Mais il n'est pas là et je n'ai plus le cœur aux à-peu-près.

— Il est ici depuis quand, ce Van Voorne ?

— Environ trois semaines...
— C'est lui qui a choisi sa chambre ?

Ma question paraît éveiller dans la mémoire du vieux un souvenir confus.

— C'est marrant, dit-il, que vous demandiez cela... Figurez-vous qu'il a d'abord demandé une chambre au troisième, en arrivant ici... On lui a donné le 34, si mes souvenirs sont exacts... Le lendemain, il nous a demandé le 39... Il le voulait, paraît-il, parce qu'il y avait logé dans d'heureuses circonstances quelques années auparavant. C'était un musicien du *Tam-Tam* qui l'occupait... Ils se sont mis d'accord. Je crois que le Hollandais lui a filé un bouquet !

J'enregistre sur disque souple ces paroles qui illuminent ma lanterne...

— On peut visiter la chambre 39 ?

L'autre hausse les épaules.

— Ma foi...

Il regarde le tableau des clés, mais celle du 39 ne s'y trouve plus.

— Vous êtes certain qu'il n'y a personne ? demande-t-il.

— Certain, fais-je.

Je lui biche le bras.

— Vous avez sa fiche ?

— Bien sûr.

— Le numéro de sa voiture doit y être porté ?

— Je crois que oui.

Il farfouille dans un casier et feuillette des fiches maintenues par des élastiques.

— Voici...

Je ligote la fiche, le numéro de la tire y figure bien.

— Tiens, dis-je à Pinuche, alerte les services... Il faut coûte que coûte qu'on retrouve cette bagnole... Elle a pris la route de Nancy... Qu'on établisse des barrages... Je veux ce type avant midi...

— Montons, fais-je au larbin.

Il puise dans sa fouille-kangourou et en ramène un passe.

— Si vous voulez bien me suivre...

Je grimpe l'escalier étroit, couvert d'un tapis qui fut rouge, mais que des millions de talons ont usé.

Le vieux débris s'époumone. Lorsque nous parvenons au troisième, ça siffle dans sa poitrine comme un conduit de chauffage central lorsqu'on a trop poussé la chaudière.

Il se dirige à petits pas vers la chambre 39...

Avant d'introduire son passe, il frappe discrètement à la lourde car c'est tout de même un homme scrupuleux. Et puis j'ai idée que Van Voorne ne devait pas lésiner pour le pourliche.

Les gens de l'hôtel devaient le prendre pour un de ces folingues qui balancent l'artiche à pleines pognes...

— Ouvrez! ordonné-je sèchement.

Il soupire (comme un cœur qui n'a pas tout ce qu'il désire) et choisit une clé dans le gros anneau. Il a l'œil amerlock car la porte s'ouvre du premier coup. Le larbin actionne le commutateur et, au brusque mouvement de ses épaules, je réalise qu'il a une grosse surprise.

Je l'écarte d'une bourrade.

Cela me permet de mieux voir le cadavre abominablement saccagé d'un type étendu sur le lit.

J'en suis comme deux ronds de flan parce qu'enfin, entre nous et une crue de la Seine, je ne m'attendais vraiment pas à une découverte de ce genre...

Je m'approche. La victime est un homme d'une quarantaine d'années, de taille moyenne... Il a le visage ensanglanté, le nez écrasé, un œil exorbité, la mâchoire tordue...

— M. Van Voorne, balbutie le garçon d'étage.

Je me retourne.

— Vous dites ?

— C'est M. Voorne ! Qu'est-ce qui a pu se produire ?

— Il s'est engueulé avec un autobus...

Van Voorne ! Du coup, je ne pige plus rien à rien... Je le touche et j'ai la stupeur de constater qu'il est déjà froid. Donc, il a été buté depuis plusieurs heures...

C'est à ce point culminant de ma stupeur que Pinaud arrive.

— Voilà, annonce-t-il très satisfait. J'ai transmis tes ordres et on m'a promis de...

Il aperçoit le cadavre et instantanément bave son mégot visqueux sur le plastron — du reste constellé de taches — de sa chemise de nuit.

— Qui est ce monsieur ? demande-t-il, presque affable.

— Van Voorne...

— Mais...

Je trépigne.

— Ah ! non, plus de « mais », j'ai assez des miens comme ça ! Va téléphoner au labo et à l'identité judiciaire !

Il s'abîme dans la contemplation du cadavre

— Qu'est-ce qu'il a pris, dit-il.

Il s'essuie la moustache avec son mouchoir.

— A propos, fait-il, je viens de retéléphoner à l'hôpital pour Bérurier... L'opération est terminée... Elle s'est effectuée dans de bonnes conditions, il ne reste plus qu'à attendre...

Ça me réconforte un peu.

— Parfait, maintenant, remue-toi...

Lorsqu'il a disparu, je me tourne vers le larbin.

— Vous n'avez rien entendu ?

— Non...

— Pourtant, quand on mailloche un gars pareillement, il doit crier aux petits pois, personne n'a rien signalé ?

— Non, absolument pas... Il faut dire que la radio marche jusqu'à point d'heure dans l'hôtel...

C'est plein de gens qui s'emmerdent le soir... Sans compter les mioches..., ça hurle...

— Vous n'avez pas aperçu un type costaud avec un pardessus en poil de chameau ?

Il réfléchit.

— Si... Attendez... Oui, une fois ou deux... Avec le nez cassé ?

— C'est possible...

— Alors oui...

— Et cet après-midi ? Ou cette nuit ?

— Non, parce que je ne reste pas dans le cagibi de la réception, il y fait trop froid... Je me planque dans la lingerie avec des revues scientifiques...

— Et vous n'apparaissez que lorsqu'on a chopé une extinction de voix à vous héler ?

Il ne craint pas les sarcasmes. Sa vie à deux balles est presque sciée et il se fout de tout. A son âge, on n'a plus d'honneur.

— Je suis vieux, j'ai le droit d'être sourd...

Il me fait pitié.

— Excusez-moi, grand-père... Seulement c'est embêtant qu'on vienne bousiller la clientèle...

— A qui le dites-vous... On n'avait jamais rien eu de semblable au *Luxueux* depuis trentre-trois ans que j'y balaie des préservatifs...

— Il faut un début à tout...

Tout en bavassant, je fouille les effets du défunt... Dans l'armoire, plusieurs complets sont alignés... Je déniche un passeport hollandais dans une poche... Il porte les visas de différents pays... Je bondis en découvrant que le mois passé, Van Voorne s'est rendu en Afrique du Sud, tout comme Josephini.

Ce sont les bureaux du Cap qui ont composté son passeport. Pas de doute, les deux hommes étaient en cheville, ou bien...

Réapparition de Pinaud dans le rôle principal de : *J'en ai marre, est-ce qu'on va se coucher ?*

— Ils vont arriver, dit-il.

Je lui montre le passeport de Van Voorne.

— Tu te rends compte de la vitesse du vent et de la clarté des étoiles, Pinuche ?...

Il se mouche avec force, ce qui a toujours été chez lui un signe manifeste d'émotion intense.

— Ça se...

— Tu l'as déjà dit...

— Ça se noue ! coupe mon collègue. J'aime quand les pistes parallèles se croisent...

— Ça prouve quoi, hé, géomètre ?

— Qu'elles perdent leur notion d'infini...

Son haleine sent le rhum. Je suis prêt à parier mon scalp contre la perruque de Bing Crosby qu'il a déniché une boutanche de Saint-James non loin du bigophone.

Alors il pose une question crétine au larbin :

— Comment se fait-il que vous n'ayez pas le téléphone ?

Je le regarde.

— Comment, pas le téléphone ? D'où as-tu appelé les Services, alors ?

— Ben... du bistrot d'à côté qui vient d'ouvrir...

Le vieux garçon d'étage s'explique.

— Le patron est un radin... Il a trouvé qu'il y avait trop de coulage avec le téléphone... Et puis, ça faisait des contestations chez les pensionnaires... Un jour, le vertigo lui a pris, il se l'est fait couper !

— Ça a dû être douloureux, gouaille Pinuche à qui le frais du matin et les petits rhums donnent une nouvelle jeunesse d'esprit.

Il s'approche du mur séparant la chambre de l'appartement de son beau-frère défunt. Il pose sur son nez des lunettes aux verres fendus, dont une branche a été rafistolée avec un brin de laine. Puis il examine le mur centimètre par centimètre.

Je suis attentivement ses recherches.

— Voilà ! dit-il enfin.

Il tient son doigt puissamment onglé de noir sur un petit trou rond... Dans ce petit trou, il y a une loupe de la dimension d'un crayon et qui, comme toutes les loupes, grossit la vision des choses...

— Poste d'observation, indique Pinaud.

— Voilà pourquoi il voulait le 39 ! s'écrie le larbin.

— Oui, dis-je, voilà pourquoi...

Je sens que le vieux videur de cuvettes va se

lancer dans des questions, aussi le stoppé-je brutalement.

— L'identité va arriver, recevez-les bien... Nous, nous avons du travail urgent à faire...

Pinaud fait un signe affirmatif sans savoir ce dont je veux parler.

Je dévale l'escalier abrupt... Et je me rue dans ma voiture. Le brave Pinuche me rejoint en poussant devant lui une haleine blanche.

— Il ne fait pas chaud, observe-t-il en s'installant à mes côtés.

Je lui montre le pare-brise démoli.

— Si tu savais où je vais te mener tout à l'heure, tu tremblerais bien davantage !

2

Ce qu'il y a de curieux avec mon ami Pinaud, c'est qu'il a l'air de rien (et même de beaucoup moins), mais que, par moments, il émet des idées souveraines.

Recroquevillé sur le siège voisin du mien, son bonnet de nuit enfoncé jusqu'aux sourcils, le col du lardeuss relevé, on n'aperçoit de son physique de théâtre que la pointe rougissante de son pif et une touffe de ses moustaches...

De cet amas de hardes sort parfois une voix que le froid cruel rend de plus en plus chevrotante.

— Où allons-nous ? demande-t-il.

— Chez un espoir de la boxe, pour avoir l'adresse d'une ex-gloire...

— Si tu parlais en termes moins obscurs, dit-il, je suivrais plus facilement ta conversation.

Je donne les compléments d'information sollicités.

— C'est bien simple, je connais un petit

boxeux, grâce à qui, dans le fond, j'ai pu mettre le nez dans cette affaire.

Pinaud se fait ricanant comme le Méphisto de l'opéra de Saint-Nom-la-Bretèche.

— Bien qu'il s'agisse de mon ex-beau-frère, dit-il, tu aurais mieux fait de le mettre dans autre chose...

Je continue, contre tous sarcasmes :

— Ce gars va me dire où demeure son compagnon de *team* Beppo Seruti, le poids léger que Josephini a emmené se faire torcher en Afrique du Sud... Cela fait trois personnes qui se seront trouvées au Cap à la même époque, peut-être n'est-ce qu'une coïncidence, pourtant comme sur les trois deux sont mortes, j'aimerais parler à la troisième, c'est humain, non ?

— C'est même nécessaire, convient Pinuche en reniflant une stalactite moins argentée que précédemment.

Je pilote à allure modérée car l'air glacé qui nous fouette le visage me brûle les lampions. Ben Mohammed pioge porte d'Italoche, une petite rue provinciale... Lorsqu'il sera vedette, il s'achètera un appartement à Passy et, lorsqu'il aura perdu ses titres, un bistrot-tabac dans un coinceteau de campagne où on se contente des gloires éteintes.

— Tu sais à quoi je pense ? murmure Pinaud.

— Aucun appareil récepteur ne pourra jamais capter les ondes émises par un cerveau en plâtre !

— Je pense, poursuit-il, que les Français

connaissent mieux la géographie qu'on ne le prétend... Considérons l'affaire sur le plan géographique...

— Vas-y, je t'ouvre grandes mes coquilles Saint-Jacques.

J'éclate d'un rire chevrotant, car je les ai tout ce qu'il y a de mignonnes.

— C'est ça, me poilé-je, ça changera...

— Que trouvons-nous comme points importants dans toute cette histoire ?

— Deux Hollandaises et deux visas pour l'Afrique du Sud...

— Trois visas, si tu veux... Bon, que fait-on en Afrique du Sud ?

— On y organise des championnats de boxe...

— Oui, mais à part ça ?

Je hausse les épaules.

— Je donne ma langue au chat !

— On extrait des diamants du sol, dit Pinaud.

Je fronce le sourcil tout en chantant, histoire de prouver mon esprit d'à-propos :

— Merci, merci, monsieur Champagne !

Il relève le pompon de son bonnet de nuit qui lui titille l'arête du nez..

— Et en Hollande on les vend s'écrie-t-il.

Je la boucle.

Les grandes surprises sont muettes.

Ce vieux cataplasme vient de lancer une idée qui pourrait faire des petits... Et des petits blonds comme tous les Hollandais...

— Pinaud, je murmure, la salive abondante, Pinaud, par moments, je me demande si Pascal ne se serait pas réincarné en toi en compagnie de Conan Doyle et des petites pilules Pink pour le foie !

3

Le petit Arbi dort à poings fermés — ce qui est la moindre des choses pour un boxeur — lorsque nous carillonnons à la lourde de sa chambre de bonne.

Notre tintamarre doit lui déclencher un rêve à grand spectacle, car je l'entends soupirer d'aise. Il rêve qu'un coup de gong vient d'achever son dernier round contre le tenant du titre et qu'il devient champion du monde toutes catégories avec la mention très bien et un billet d'honneur signé par la directrice.

Enfin, il s'éveille, murmure des mots en kabyle ou en jsépacoua, et vient nous ouvrir. Il est vêtu d'un slip et son torse nu brille comme du bronze... Ses tifs emmêlés sont posés sur sa tête comme une fourchetée de laine noire... Il se frotte les yeux, me reconnaît et me sourit gentiment...

— Bijour, missieur commissaire...
— Salut, champion... Je viens pour un petit tuyau As-tu l'adresse de ton éminent confrère

Beppo Seruti, qui est allé se faire démolir ses ultimes chailles en Afrique du Sud le mois dernier ?...

Le petit tronc se gratte la tignasse.

Il faut laisser aux paroles le temps de forer son cerveau martelé.

— Seruti ? demande-t-il.

Patient à mes heures, j'opine de la tête (si je puis m'exprimer ainsi).

— Attendez, fait-il, j'ai...

Il va ouvrir un tiroir de vieux placard et farfouille dedans. Il nous sort un cahier sur lequel il a collé les articles de presse consacrés à ses jeunes poings. Dedans, il a intercalé des papelards sur ses camarades de *team*... C'est ainsi qu'il me déballe une photo de Seruti... On voit le mec en short sur une pelouse, occupé à sauter à la corde...

L'image porte cette légende : *Notre champion du monde s'entraînant dans sa propriété de Saint-Maur-des-Fossés.*

Comme quoi on peut avoir le nez plat comme une limande, les portugaises épaisses comme des Fontainebleaux et la tronche plus cabossée qu'une automobile de dame et se permettre des déductions.

Je referme le cahier de l'Arbi.

— C'est bien, mon gars... On te remercie...

Je réfléchis.

— Tu sais où ça se tient, toi, Saint-Maur-des-

Fossés ? demandé-je à mon ami Pinaud des Charentes.

— Bien sûr, dit-il. Tu rattrapes Joinville et...

J'ai un soubresaut. Je fonce sur le cahier de Mohammed et je le feuillette à vive allure au risque d'en arracher les pages.

Je tombe sur une autre photo représentant Ben Mohammed avec plusieurs autres champions chevronnés, parmi lesquels Beppo Seruti.

Je n'ai d'yeux que pour ce dernier... Dans mon turbin, fatalement, on a le zœil amerlock... La mémoire visuelle c'est l'A.B.C. de notre métier (comme dirait Mitty Goldyn).

Vous l'avez sans doute compris, ou alors c'est que vous avez des noyaux de cerises à la place de la matière grise, mais en me forçant un brin, j'arrive à admettre que ce champion déchu et le gars au pardingue en poil de transsaharien à quatre pattes ne sont qu'une seule et même ordure.

— Saint-Maur-des-Fossés, en voiture ! crié-je dans les trompes d'Eustache de Pinaud qui s'endormait contre le chambranle.

Et nous voilà partis, crevés, claquant des mandibules, avec des yeux d'une tonne et une fatigue à se répandre sur l'asphalte !.

Ce qui m'a toujours sauvé la mise, en tout et pour tout, c'est ma rapidité. Rapidité de pensée d'une part, rapidité d'exécution de l'autre... Décider et agir en un temps record vous permet tous les espoirs... Ajoutez à cela la recette Danton : de l'audace, encore de l'audace (publicité Jean Majeur) et vous trouvez San-Antonio, bien en chair et solide en os...

Il fait tout à fait jour lorsque nous passons la plaque annonçant Saint-Maur...

Je viens de faire part de ma conviction à Pinaud et, bien entendu, d'une voix que le sommeil rend bourbeuse, le vieux chnock a mis son grain de sel :

— Tu ne dois pas te tromper, mon petit... Je suis certain que Van Voorne a été tué à coups de poing... Travail brutal, mais travail soigné de professionnel.

J'arrête un instant ma glacière à roulettes pour m'enquérir de l'adresse de Beppo... Justement, j'avise un petit gars d'usine soudé par le gel à son vélomoteur.

Je le stoppe.

— Le pavillon de Mario Seruti ? je demande.

Il trouve le moyen de rire malgré le froid.

— Vous êtes pile devant...

Il me salue et s'en va, joyeux, dans le matin glacé.

Pinaud se détranche sur la propriété... Celle-ci fait moins d'impression que sur la photo du canard. C'est une construction assez moderne d'assez faibles dimensions... Le jardin est un peu en friche... Le portail de bois est ouvert et j'avise, au bout de l'allée, la grosse bagnole de tout à l'heure.

Je pose ma main sur le genou cagneux de Pinuche.

— C'était bien lui, vise la voiture... On aperçoit la plaque NL derrière... Hollande !
— Que faisons-nous ? demande-t-il.

Je surveille un moment, puis, soudain, je fais une petite marche car je vois Seruti sortir de sa crèche, une valise dans chaque main... Il va les porter à une autre bagnole, française, celle-là, que je n'avais pas remarquée tout de suite, car elle est en partie masquée par l'autre.

Puis il rentre de nouveau dans la demeure.

Pinaud, tout comme moi, scrute par une échancrure de la haie.

— On dirait que nous arrivons à temps, non ?
— Oui, plutôt !
— Qu'est-ce qu'on fait ?

Je gamberge...

— Attends... Oui... Je vais descendre et aller alpaguer le frère. Dès que j'aurai franchi le mur, tu compteras lentement jusqu'à dix et tu avanceras avec la voiture jusque devant le portail de manière qu'il ne puisse se barrer avec son tombereau au cas où je n'arriverais pas à... à m'entendre avec lui, tu suis ?
— Ensuite ?

— Ensuite, tu planqueras ta vieille carcasse délabrée où tu pourras en gardant ton revolver à la main pour si des fois un pauvre boxeur en chômage venait te demander du feu.

Je contourne la haie et, parvenu à la hauteur du pavillon, je la franchis d'une ruée de sanglier. Je me retrouve de l'autre côté, sur un râteau dont le manche m'arrive en pleine poire. J'avais déjà vu ça au cirque et ça m'avait beaucoup fait rire. Pourtant, en l'occurrence, je trouve cette distribution de chandelles mal venue.

Je frotte ma calebasse et j'approche de la voiture en rasant les murs... De la seconde, s'entend.

Je m'accroupis derrière l'aile avant droite et j'attends. Je ne tarde pas à percevoir un crissement de pas sur les graviers. C'est l'autre casseur de gueules qui radine avec un nouveau chargement.

Je le laisse se pencher sur le coffre, puis je m'annonce d'un bond sur lui... Le Colt en pogne.

— Alors, Seruti, tu déménages ou bien tu changes de rue ?

Il sursaute et me regarde. Ses yeux noirs sont ardents, comme tous les yeux des Italiens. Et, comme tous les Italiens, malgré sa gogne cabossée, il reste très beau. Pas étonnant que toutes les nanas en veuillent de ces messieurs les bersagliers !

Ils paraissent tous avoir été conçus et réalisés,

non par Sacha Guitry, mais par Rudolph Valentino...

— Qu'est-ce que vous voulez ? croasse-t-il.

— Te demander un autographe... Ton blaze ne vaut plus grand-chose sur le marché, mais le fils de ma concierge n'est pas difficile...

Tout en gouaillant, je fais gaffe, parce que si cet olibrius prenait la fantaisie de m'aligner un taquet, sûr et certain que ça ferait travailler mon dentiste...

Dès qu'il bat des cils, je crispe mon index sur la détente du pétard, prêt à lui placer de la marchandise de qualité dans les tripes... Pour l'heure, il n'ose pas taper... A son regard fiévreux, je comprends qu'il a passé une nuit blanche, lui aussi.

— Alors, depuis que la boxe ne nourrit plus son homme, on se lance dans le meurtre en série ?...

La peur se reflète dans son regard.

Je glisse ma main libre dans ma poche gauche pour y pêcher la paire de menottes qui s'y trouve. Ustensiles précieux, les poucettes... Ce sont elles qui font qu'un flic est flic... Seulement, à l'instant où je les sors, je perçois un bruit dans mon dos, un bruit de pas feutrés... L'instant est plus fort que mes réflexes... Je me détourne pour regarder qui vient. Je vois, mais pas longtemps car les cinq phalanges droites de Seruti viennent jouer *Oublie-moi, ô mon amour* sur la pointe de mon menton. Je lâche la rampe et m'engloutis dans des espaces interplanétaires qu'aucun télescope géant ne cap-`era jamais.

Lorsque j'émerge du cirage, quelques secondes plus tard, je me trouve à l'intérieur du garage. Seruti m'y a traîné par les cannes... La petite bonne de Mme Van Voorne referme la porte pliante pour nous isoler... Cette fois, elle n'a plus du tout l'air bretonne. Elle porte un manteau d'astrakan et des souliers à talons hauts, mais je dois admettre que la transformation réside princi-palement dans l'expression. C'est une femme déterminée, positive et calme que j'ai devant moi, et non plus une soubrette godiche.

— Tiens, fais-je. Pour une surprise, c'est une surprise...

Je vais me mettre à genoux, mais je reçois un coup de pied dans la poitrine. Vous ne pouvez pas savoir ce qu'un pied de femme est douloureux, parfois.

Je repars à dame, sans perdre les pédales, toutefois. Alors Seruti revient du fond du garage, une corde dans les mains. Tout d'abord, je pense qu'il va s'en servir pour me ligoter, mais je lui vois faire un nœud coulant et je pige.

— Sans blague ! croassé-je, tu boulonnes en série, cette nuit, gars. Fais gaffe, il fait jour maintenant...

J'essaie de choper le lien de chanvre, mais il m'a cueilli par-derrière et je suis encore tout mou du gnon qu'il m'a téléphoné. Ce *K.-O.* peut très bien m'être fatal...

Heureusement, Pinuche se la radine, un pétard gros comme ma jambe à la main... Celui-là, c'est son grand-oncle le cuirassier qui a dû le lui rapporter de la guerre de 70 ! Néanmoins, il intimide. Et il fait du dégât lorsqu'on appuie sur la détente. La preuve, c'est que deux prunes s'en échappent, dans un nuage de fumée âcre et que le mec Seruti se met à se rouler par terre en appelant sa *madre.*

Pinuche, content de lui comme le lauréat du concours du *Figaro,* tourne le canon de son arquebuse sur la fille.

— Ne bougez pas, conseille-t-il, plus chevrotant que jamais.

Il n'a pas du tout l'impression (ni l'intention) de verser dans le pathétique. La tragédie, c'est pas son blaud, il n'a joué dans sa jeunesse que *La main de ma sœur* et *Tu m'as voulue, tu m'as eue...* C'est le père tranquille du flingue...

Je commence à retrouver l'oxygène que j'ai pris l'habitude de consommer. En geignant, je me remets sur mes flûtes.

— Tu parles d'un coup fourré, dis-je à Pinaud. Sans toi... Comment qu'il m'a pêché, ce salaud !

Je me frotte le menton... J'ai l'impression d'avoir une mâchoire en fonte renforcée, elle pèse une vache ! Toute ma hure doit être fêlée, probable.

A terre, Seruti se tord toujours en geignant. Il a moulé deux bastos dans le poitrail et ça le gêne pour raconter la dernière de Marie-Chantal.

La môme le bigle avec des cocards qui lui bondissent de la tronche.

— Vite, vite, murmure-t-elle, il faut faire quelque chose... Une ambulance... L'hôpital...

Elle se met à couiner, soudain à bout de nerfs, et le gars San-Antonio lui cloque des tartes maison, ce qui est la thérapeutique idéale pour ces cas désespérés.

Elle s'arrête instantanément.

— Au secours, éructe Seruti en glaviotant du rouge.

— Je vous en supplie, larmoie la belle.

Pinaud, lui, se roule une cigarette « de ses pauvres doigts gris que fait trembler le froid » (1).

Je cligne de l'œil à mon pote.

— Écoute, bonne à tout faire, bonne à mal faire, devrais-je employer, nous irons chercher les ambulanciers lorsque tu auras éclairé notre lan-

(1) Ce vers d'Hugo pour vous montrer que j'ai des lettres.

terne, pas avant... Ton jules peut claquer, ça nous laisse froids... A toi de choisir...

Elle choisit.

Et elle choisit dans le bon sens, car son boxeur, elle doit l'avoir profond dans la peau.

4

L'histoire est très simple, mais bourrée de détails qui le sont beaucoup moins. Renonçant à vous transcrire avec mon réalisme coutumier les révélations de la môme Machin-chouette, je vous les résume succinctement.

Van Voorne était un courtier marron d'Amsterdam, spécialisé dans le trafic des cailloux. Sa femme et lui étaient séparés de corps, ce qui est exact, mais pas du tout de biens, et les deux compères constituaient un aimable attelage de fripouilles.

A plusieurs reprises, Van Voorne s'était rendu en Afrique du Sud pour tâcher de se procurer sur place un gros lot de diams à de bonnes conditions. Il avait mis au point une grosse affure et, le mois dernier, il s'apprêtait à véhiculer sa provende depuis Le Cap jusqu'en Hollande, lorsqu'il avait été inquiété par la police sud-africaine qui avait eu vent de ses manigances et qui ne plaisante pas avec les trafiquants de pierres précieuses... Sur le point d'être alpagué s'il ne se débarrassait pas des gemmes, et ne sachant où les carrer, Van Voorne s'était mis en cheville avec Josephini qui était descendu dans le même hôtel que lui et avec lequel il sympathisait.

Il avait donc collé sa belle marchandise au manager en lui promettant de faire *fifty-fifty* s'il amenait les cailloux à Paname... Josephini avait accepté, car une belle combine commak ne pouvait le laisser indifférent...

Van Voorne avait envoyé un message à sa grognace afin de lui recommander de réceptionner l'envoi à l'arrivée et il s'était démerdé avec les bignolons du coin qui, au bout d'une quinzaine, avaient dû admettre sa blancheur Persil.

Josephini était rentré peinard avec son poulain, lequel venait de paumer son titre et broyait du noir... Seulement Seruti avait assisté, à travers la porte de communication des chambres que son boss et lui occupaient au Cap, à la conversation de Van Voorne et de Mario... Et il pensait prendre une revanche sur le sort en s'octroyant une part du gâteau...

Une fois en France, il avait avoué à son manager qu'il était au courant de la combine et lui avait proposé de garder les cailloux... Ils feraient part à deux et si jamais Van Voorne la ramenait, il était prêt à le mettre à la raison...

Hélas ! Josephini avait feint la surprise et prétendu que Seruti devenait jobré... De même, lorsque la mère Van Voorne avait voulu récupérer le magot, il l'avait envoyée aux prunes en prétendant tout ignorer de l'affaire. Sale blague pour les Van Voorne... La femme avait rencardé son vieux à son retour d'Afrique du Sud et celui-ci, en homme pondéré, comprenant qu'il s'était laissé blouser et qu'il ne pourrait rien obtenir par la force, s'était arrangé pour surveiller Josephini de la façon que l'on sait... Lui surveillait les allées et venues chez le manager et sa femme s'occupait de la vie extérieure de Mario... Elle contactait fréquemment le beauf à Pinuche, histoire de lui demander s'il était ou non revenu de son erreur et aussi pour lui donner le sentiment gênant qu'il était surveillé.

Lorsqu'elle estimait que Josephini rencontrait des gens douteux, avec lesquels il aurait été susceptible de négocier les diamants, elle prévenait son mari d'une façon judicieuse, puisqu'il n'y avait pas le téléphone à l'hôtel, c'est-à-dire en lançant un signal dans l'appartement de Josephini qu'il surveillait. Alors Van Voorne se démerdait de tuber rue de la Faisanderie où sa femme téléphonait avant lui pour laisser l'adresse du lieu où il devait la rejoindre...

La môme nous bonnit tout cela avec des hoquets, des sanglots, des cris, des vagissements et des regards éperdus à son bonhomme en train de calancher dans le cambouis.

Ensuite, je la branche sur le chapitre Seruti, qui

me paraît plus essentiel... Elle y va de sa chanson de gestes...

Pendant que les Van Voorne entreprenaient leurs travaux de récupération, Seruti, boxeur fini et garçon de moralité plus qu'élastique, surveillait aussi son patron. Cela faisait une gentille meute aux chausses du gars Mario... L'ancien champion avait pigé le manège des Van Voorne et il s'était résolu à les battre de vitesse... Lundi soir, il était allé chez son manager et lui avait fait la grosse séance d'intimidation... Il avait été très menaçant... Josephini avait pris peur et lui avait juré ses grands dieux qu'il venait de traiter avec Van Voorne et que les diams avaient été remis au Hollandais... Seruti ne s'en était pas laissé compter et s'était mis à faire le méchant. Alors Josephini s'était emparé du fameux coupe-papier et avait essayé de l'en frapper... Au comble de la rage, le bouillant Seruti lui avait arraché l'instrument des mains puis avait frappé son manager qui s'était répandu, *out*, sur la carpette... L'autre avait pris peur et s'était trissé...

Le lendemain, en apprenant que sa victime avait été trouvée sur le trottoir et qu'on pensait se trouver devant un suicide, il avait cru devenir fou... Puis il avait réfléchi et s'était dit que Van Voorne ne devait pas être étranger à la chose... C'était le Hollandais qui s'était amené pour fouiller l'appartement et qui avait camouflé le meurtre en suicide afin de ne pas attirer l'attention de la police sur ce décès...

Alors Seruti avait repris du poil de la bête... Il n'avait pas commis un meurtre pour la peau... Il voulait aller jusqu'au bout et récupérer le gâteau... A n'importe quel prix !

Il avait une maîtresse dévouée, la môme qui nous parle et qui répond, quand on l'appelle, au nom illustre de Martine ; celle-ci se fit engager chez la mère Van Voorne qui cherchait une bonne depuis pas mal de temps... Elle surveilla les allées et venues de la belle Hollandaise, fouilla l'appartement, en vain... Elle apprit, du moins, pas mal de choses sur les habitudes de Van Voorne, notamment en ce qui concernait leurs appels téléphoniques à la gomme.

Pourtant, son emploi de bonne ne donnant rien, Seruti s'impatienta... La veille, dans l'après-midi, il était entré chez Van Voorne et l'avait molesté (et comment !) pour lui faire cracher la vérité, mais Van Voorne avait affirmé jusqu'à la mort ne pas posséder les diamants... Dans la petite tête obtuse du boxeur, il n'y avait pas de doute : si Van Voorne ne possédait pas les cailloux, c'était sa femme qui les avait...

Le soir, ils avaient résolu, sa poule et lui, de « s'occuper » de la patronne... Ça urgeait d'autant plus que la police était venue l'interroger dans le courant de l'après-midi sous les traits agréables de

San-Antonio, l'as des as, l'homme qui remplace le beurre et les céleris rémoulade !

Mais l'interrogatoire de la pépée Van Voorne n'avait rien donné non plus. Seruti lui avait fait le coup de la strangulation pour l'intimider... Ne connaissant pas sa force, il avait étranglé cette digne personne comme on étrangle un pigeon...

Ils avaient fouillé une fois de plus l'appartement, mais en vain... Ils étaient affolés par les deux meurtres commis dans la journée. Seruti était devenu, paraît-il, une sorte de bête féroce... Comme ils sortaient de l'appartement pour monter le cadavre dans la chambre de bonne de Martine, afin de gagner du temps en retardant la découverte de celui-ci, ils s'étaient trouvés nez à nez avec Bérurier...

Or, et c'est là que ça se corse, comme dirait le Gros. Seruti connaissait mon pote l'Enflure pour l'avoir vu souvent à la salle d'entraînement où Béru allait visionner les préparatifs de son neveu... Il savait que c'était un poulardin et s'est cru flambé... Il a collé un marron au Gros, l'a charrié dans sa voiture et là, lui a tiré une balle dans le cou en prenant soin d'entortiller un cache-col autour du revolver pour en étouffer le bruit. Il projetait d'embarquer l'auto et son chargement dans un autre quartier après... Lui et Martine ont coltiné le cadavre de la Hollandaise au sixième et l'ont filé sous le lit... Puis ils sont redescendus pour fuir, mais j'étais à l'auto de Béru... Ils ont alors cru à l'arrivée de renforts et sont remontés se terrer dans la chambre...

Le cadavre de la femme ayant disparu, nul ne pouvait croire que la soubrette était dans le coup... Si le pâté de maisons était cerné, ils avaient intérêt à se planquer en attendant...

Mon arrivée avec Pinuche les avait tenus sur le qui-vive... La môme Martine avait joué les bonniches en défaut avec un brave militaire... Elle s'était rendu compte que nous n'étions que deux et Seruti avait fui...

Elle se tait, la pauvrette, à bout de souffle.

— Comment se fait-il qu'il n'a pas pris sa voiture ?

— Il a peur qu'on l'ait repérée, car elle était devant la vôtre...

— Et dis-moi, mon petit cœur, comment se fait-il qu'il soit, en pleine nuit, retourné chez Van Voorne ?

— Il avait oublié ses gants chez lui... Il voulait les récupérer...

— C'est toi qui as téléphoné chez Josephini après son départ, cette nuit ?

Elle ouvre de grands yeux...

— Moi ? Oh ! non. Je suis venue ici attendre Beppo dès que j'ai pu...

Je regarde Pinuche.

— T'étais pas chlass, tout à l'heure, mec ? T'es bien certain que ça n'est pas toi qui ?...

Pinaud hausse les épaules.

— Môssieur le commissaire, rouscaille-t-il, je crois que vous mettez en doute le bon fonctionnement de mes facultés mentales ?

— Leur bon fonctionnement, non, dis-je, seulement leur existence.

Là-dessus, nous embarquons la souris et téléphonons à police secours pour le déblaiement du garage... Inutile de déranger l'hosto : Seruti est mort comme tout un cimetière !

DERNIÈRE REPRISE

Nous l'avons, l'explication du mystère au cours de la perquisition que nous effectuons dans la piaule de Martine après avoir enchristé celle-ci.

— Je suis bien aise de vous voir, déclare la dame du standard qui, cette fois, s'est fait une super-beauté. J'ai essayé de vous toucher après votre départ en téléphonant à Littré 62-64 où je pensais que vous vous rendriez... Figurez-vous qu'un locataire qui se lève très tôt — il travaille dans une fonderie — a découvert des traces de sang dans le monte-charge... J'ai pensé que ça pouvait vous intéresser, alors j'ai...

— Merci, dis-je, vous êtes une puissante auxiliaire de la police, mon petit, aussi vous serez décorée du Mérite agricole pour services rendus à la volaille !

Là-dessus, nous gagnons la chambrette de Martine qui ressemble davantage à celle de Landru qu'à celle de Mimi Pinson.

Nous trouvons bien le cadavre de Mme Van

Voorne, mais de diams point... A croire que ces cailloux se sont volatilisés, désagrégés ou... ont changé depuis belle lurette de proprio...

Midi sonne quand nous repartons. Pinuche titube littéralement. Nous sommes comme deux types ivres... Ivres de fatigue, las de tout, de la dégueulasserie de la vie et de nos semblables. Las de charrier notre pauvre carcasse surtout...

— Bon, conclut Pinaud qui ne saurait énoncer une décision sans la commencer par ce mot... Bon, maintenant, au dodo !

— Mes choses ! lui dis-je, peu protocolaire lorsque j'en ai ma classe. On a un petit turbin... Un turbin mignonnet... Du gâteau, le couronnement de cette nuit infernale, viens...

— Mais où, tonnerre de Brest ? s'emporte le digne fossile.

— A la Grande Cabane...

Dans la cellote du genre grisâtre où il croupit, Abel fait une drôle de bouille. Aussi, lorsque nous y pénétrons, l'éternel Pinuche et moi-même, braque-t-il sur nous des yeux éperdus d'espoir.

— Alors, monsieur le commissaire ?

— Alors, tout est en ordre, lui dis-je, l'affaire est presque terminée...

Il a un sursaut d'allégresse.

— Je vais pouvoir me barrer du placard ?

— Peut-être, Abel, une fois que tu auras fini de me dire la vérité...

— Mais je vous l'ai dite, monsieur le commissaire...

— En partie... La vérité, vois-tu, mon gars, c'est comme une femme ; pour qu'elle soit utile, il faut qu'elle soit entière... Tu ne m'en as dit qu'une partie...

Il proteste. Alors pour lui rappeler sa condition, je lui rends le crochet du droit que Seruti m'avait donné... Il me pesait sur la patate, ce taquet maison... Abel va voir chez Caïn si j'y suis... Puis il se redresse en torchant sa bouche d'un revers de manche...

— Bon, murmuré-je, je vais te faire une césarienne, Abel...

Je le bigle et, mettant en pratique mes dons certains de « télépathique » je lis dans ses yeux, au fur et à mesure, la vérité que ma raison reconstitue...

— Tu avais bien rencart avec Josephini, dis-je... Et il est exact que tu l'aies trouvé avec le crâne défoncé. Seulement il n'était pas tout à fait clamsé... Il vivait encore un brin et avait sa lucidité... Tu t'es penché sur lui et il t'a dit qu'il avait son compte et que son champion à la godille, Beppo Seruti, l'avait effacé d'un coup de coupe-papier... Il a ajouté qu'il avait des gnars au panier depuis un certain temps au sujet d'un paquet de diams ramenés d'Afrique du Sud... Ce gars qui se sentait fini a voulu avoir une suprême vengeance. Il t'a légué le paquet pour emmerder les autres... C'est pas ça ?

Abel détourne les yeux.

— Regarde-moi, insisté-je en lui filant une beigne, c'est pas ça, dis ?

— Si, souffle le truand.

— Tu as cramponné le magot et tu t'es apprêté à filer, ne voulant pas te mouiller... Et puis tu as eu peur : peur que Josephini réchappe de sa blessure ; les plaies à la tronche, c'est ou tout l'un ou tout l'autre... S'il en réchappait, il te demanderait des comptes... Et même s'il n'en réchappait pas, il pourrait parler dans son agonie et te mettre en cause... Alors, sans penser plus loin, tu l'as balancé par la fenêtre...

— Non, non ! glapit Abel...

Je le chope par les revers. Je le tiens plaqué contre moi et, mon nez touchant le sien, je lui crache :

— Ose dire que ça n'est pas ça ?

Il a peur, ses dents font un bruit de noix trimbalées dans un sac...

— Oui, avoue-t-il... C'est bien ça...

J'ai le trait de génie...

— Et je vais même te dire où se trouvaient les cailloux, mon salaud ; ils étaient cousus dans une paire de gants de boxe accrochés au-dessus de la cheminée...

Du coup, les carreaux du mec s'écarquillent.

— C'est bien ça... C'est bien ça...
— Bon, où sont-ils, maintenant ?
— Dans le matelas de ma chambre à l'hôtel Victor...

J'éclate de rire et je le lâche.

— T'as moins d'imagination que ton pote Josephini... Un matelas, je te demande un peu... C'est du pagant ! Ah ! l'aristocratie du mitan est bien cannée... La guerre l'a butée avec le reste...

— Vous allez me lâcher, maintenant ? implore Abel...

— On va te lâcher dans une cour d'Assises, mon fumelard... Tu iras confectionner des sacs en papier en taule, on manque de main-d'œuvre... Fais pas cette bouille, tu seras bien payé ; cent sous par jour, c'est nettement au-dessus de ta valeur !

ÉVACUEZ LA SALLE

Pinuche achève de brouter un sandwich... Nous débarquons devant l'hôpital de Saint-Cloud avec de telles gueules de déterrés que l'infirmière-chef nous demande en biglant Pinaud si c'est pour une urgence...

Je la détrompe...

— Police. Nous venons aux nouvelles d'un collègue : Bérurier Benoît.

Elle sursaute.

— L'opéré de la carotide ?

— Tout juste... Comment va-t-il ?

— Il ne s'est pas encore réveillé, mais l'opération a réussi, il est permis d'espérer... Le professeur estime qu'il doit s'en tirer, étant de constitution robuste...

— On peut le voir ?

— Suivez-moi.

Elle nous guide à la chambre 14 où repose le Gros...

Il est pâlot et ressemble à de la viande avariée,

des tas de tuyaux partent d'ampoules accrochées à une potence et plongent dans sa carcasse...

— C'est bien lui, bavoche Pinaud... C'est bien lui...

Je sursaute et m'insurge :

— Oublie-nous un peu, vieillard, il n'est pas mort, notre bon pote... T'avais raison, il s'en tirera et je te parie que dans trois semaines il bâffrera des andouillettes.

Je regarde le beau visage de crétin meurtri de Bérurier...

— Se faire mettre dans un état pareil parce qu'on a un neveu rachitique qui veut devenir champion de l'Ile-de-France des coqs, y a de quoi monter sur ses ergots, tu ne trouves pas ?

Mais Pinaud ne répond pas...

Affalé en travers du lit, la joue sur les pieds en éventail du Gros, il dort, dort, dort !

FIN

ACHEVÉ D'IMPRIMER LE
24 JUILLET 1976 SUR LES
PRESSES DE L'IMPRIMERIE
BUSSIÈRE, SAINT AMAND (CHER)

— N° d'impression : 1796. —
Dépôt légal : 3ᵉ trimestre 1976.
Imprimé en France

PUBLICATION MENSUELLE